深蓝

胡　坪　著

陕西新华出版传媒集团
太白文艺出版社·西安

图书在版编目（CIP）数据

深蓝 / 胡坪著. -- 西安：太白文艺出版社，
2023.1

ISBN 978-7-5513-2270-6

Ⅰ. ①深… Ⅱ. ①胡…Ⅲ. ①诗集 – 中国 – 当代
Ⅳ. ①I227

中国版本图书馆CIP数据核字（2022）第195920号

深　蓝
SHENLAN

作　者	胡　坪	
责任编辑	党晓绒	
封面设计	王义萍	
出版发行	陕西新华出版传媒集团	
	太 白 文 艺 出 版 社	
印　刷	安康市汉滨区文化印务公司	
开　本	787mm×1092mm　1/16	
字　数	210千字	
印　张	15.25	
版　次	2023年1月第1版	
印　次	2023年1月第1次印刷	
书　号	ISBN 978-7-5513-2270-6	
定　价	48.00元	

心灵的教堂
——诗集《深蓝》序

周燕芬

　　胡坪准备出版他的诗集，希望我给他写个序。一直觉得写序这事是名人的专属，我既是一名普通教师，又是打怵抛头露脸的性格，加上诗评并不是我的长项，于是反复推辞。但胡坪很执着，他给我讲起20世纪90年代在陕西教育学院的一段求学经历，那时我正是他们班的现代文学专业老师，胡坪因选择文学专业而从此钟情于诗歌创作，现在出版诗集也是想纪念那段难忘的岁月。我是渐渐走进怀旧季节的人，很容易被过去的故事打动，于是就有了笔下这些絮絮叨叨，可能与理性的诗评相差甚远，好在师生关系，最在乎的是真情实意。更重要的是，读诗的过程非常愉悦，时有感动和惊喜，其实在诗人与读者之间，诗歌的目的已经达到了。

　　胡坪是1993年至1995年在陕西教育学院中文系学习的，属成人继续教育类。这类学生大都先参加工作而后脱产读书，既有一定的实践经验和知识积累，更有学习积极性和主动性。尤其有些学生是带着对文学的满腔热爱和浓厚兴趣再次走进课堂的，那种用功和钻研的劲头，以及和老师之间的交流互动，都与我今天教学的状态大有差别。胡坪于中等师范求学时就遭遇了诗神的青睐，开始了诗歌创作，进入陕西教育学院后仿佛进入了心中的"圣地"，将自己"皈依"到文学之下，开始了更广泛的阅读和更深入的创作。虽然他也和大部分同学一样并未真正从事文学专业，但从这本诗集所收作品及其写作时间可以看出，毕业后的二十多年来，胡坪并没有中断诗歌创作，他的精神情感一直栖息在诗的美丽花园中。作为曾经的老师，还有什么比这更满意、更欣慰的呢。

胡坪在他多年积累的一千多首习作中精选了二百余首，集成这本有分量的个人作品集来出版，应该能够代表他的创作成就和艺术个性。诗集分为"故土守望""感念岁月""玫瑰之刺"和"我思我在"四辑，概括了胡坪诗笔涉及的情感和思想内容，为我了解诗人的创作面貌和把握诗人的个性风格，提供了方便的路径。"故土守望"中的篇什给我们呈现出诗人心灵世界中的故乡记忆。当城市现代文明越来越与我们诗意的理想相抵牾时，童年的记忆便浮出水面。这是诗人的个人经验，其实也传达了现代人精神的流离失所和回首寻根的情感诉求：

在城市里游荡了一天
黄昏来临，楼房迅速往紧里挤
我不由自主地退回到原地……
家乡的星星在异地低垂
而天空变得更加邈远
火车拉着一群没有家的人

汽笛尖厉地呼啸
陌生的人们用方言温暖着远方
隧道壁灯，宛如老家的窗纸

直达我的乡村小站吧
我是一株萝卜
我要回到我湿润的低洼处……

诗人对家园的渴望表现在一次又一次地触摸故土，"那浓烈的泥土和青草气息/仿佛是我永世的归途"。土地还是那片土地，村庄还是那个村庄，但在诗人的笔下已然与母亲的体温一样让人怀恋不舍。诗人注定与众不同，他必须葆有个人的精神空间，以承载诗歌的艺术想象，并成为诗人安放灵魂的场所。乡村背景和生活经验既提供给诗人取之不尽的情感资源，也决定了胡坪诗歌创作的精神质地和艺术品格。什么是"乡土"？乡土就是"这山望着那山的大声吆喝"，是"偶尔抬头向路人张望的质朴的眼神"，诗句和诗的情感一样朴素无华，内里却流动着让人心灵战栗的温情脉脉的力量。

"感念岁月"一组是诗人在当下日常生活中捕捉到的诗意。诗歌的镜头游走在远处的山川河流，也定格在近处的花草木石，只要心有所动，就会有诗歌从笔下流出，因为是兴趣爱好所致，更因为以无功利的心灵需求为原动力，类似胡坪这样的非专业写作反而显得更纯粹，更接近对诗歌艺术的本质理解。在阅读胡坪诗歌的时候，我感觉到诗人是远离了世俗的纷扰，也远离了所谓的文学圈子。他沉浸在与自然之物的对话中，表达自己对世界的理解、对人生的感受。我特别注意到胡坪的诗歌中常出现一些看似微不足道的自然之物，譬如小河和星星，譬如树木、石头和蜂鸟，乃至蜗牛、蚯蚓和蚂蚁。他会"跟在一片落叶的背后"，他会"走到蜗牛的身旁"，与它们"打着手语"，他看到蜗牛"眼里的沉静，和无须言说的孑然一身"，然后"慢慢流出了眼泪"。诗人在与自然之物的对视交流中感怀季节变换和时光流转，诉说着世间所有生命的悲欢与伤感。胡坪这样写盲人：

> 我停了下来，等他走近
> 走近，与我并肩，慢慢错过
> 瞬间里，太阳突然黯淡
> 我走在他身后，他的拐杖在我手里

这是一种向下的底层的姿态，他以同样的姿态写过自己的父老乡亲，还写过城市的建筑工人。无论笔下是卑微的人群，还是细小的事物，都能够读出一种情同此心的悲悯，也映射出诗人对生命的独到体悟，想必我们生活在同样境遇中的普通人是能够受到感染、得到共鸣的。

"玫瑰之刺"和"我思我在"分别为爱情诗和注重哲理性的诗作。把这两部分当作个人情思的抒发，以及诗人与自己内心世界的对话，不知道是否准确。由此引出的一个话题是，诗歌是以个体性和内倾性为特征的。在大千艺术世界中，诗歌最靠近创作者的内心，亦即我们常说的诗歌是最为个人化的心灵艺术。所以在我看来，胡坪的这两组主体性最强的诗歌，也是诗性最强的创作。爱情诗的前提是感情饱满，以真善美为艺术指归。古今中外好的爱情诗，一定是写出了无法复制的唯一性情感状态，同时又能掀起无数读者内心的情感风暴。胡坪爱情诗的特点是含蓄典雅，无论内心如何电闪雷鸣，表现出的却是委婉和深沉，是萦绕于心底的万缕情丝。在写法上，胡坪善于选取不同的角度，审美思维富于变化，将人世间这份剪不断理还乱的美好感情，表达得恰到好处。如果说爱情诗总是要营造一种戏剧性的对话场景，那么哲理诗则多以自我独白的口吻，抒发内心的感悟，并努力使感性的波流，凝结为有价值的思想。胡坪这部分更趋于理性的诗歌代表着他思想上的成熟，也为他以后创作的走高奠定了新的起点。

诗歌是一种小众艺术，诗歌与诗人的生命同在，从而成为一种精神存在的方式。我感觉到胡坪对诗歌的热爱是入在骨子里的，这无疑是他坚持创作并能够一路前行的根本动力。为此，他不间断地读书和思考，在中国传统和西方现代诗学中汲取营养，当然也受到当代多元文化和种种前卫诗歌观念的影响。但总的来说，胡坪的创作更趋向于优美典雅的艺术追求，希望在鲜活的意象和美好的意境中，悄无声息地表达自己的情感，在朴素的诗歌语言中闪现思想的灵光。如果一定要考察一下地缘文化与胡坪诗风的关系，倒是可以感受到一种属于陕南文化的细腻与灵秀，带着一点湿度和温度。那些美好的诗句从读者的心头轻轻划过，让人有所触动也有所思考，正像诗人家乡的紫阳绿茶，外观是清淡的，品味起来又是沁人心脾的。

诗歌其实是最难言说的，好诗本不需要言说。因为早年的相遇相识，我才有缘品读胡坪的诗歌，浮光掠影地说点自己的感受。虽然师生关系确系真实，但当年的我只是略长学生们几岁，胡坪诗歌的情感质地

4

和艺术格调，与我早已定型的审美理想有着自然的契合，令我回想起那个有梦想有信念有坚持的时代。韶华易逝，诗情还在，沉积在岁月深处的多少美好，其实一直在铺垫着我们的前路，让我们无论身处何时何地，都不忘自己的生命底色，不改自己的文学初心。胡坪有一首诗叫作《我的诗句铺就了我的出路》，写得意味深长。有诗歌护佑心灵，是诗人的幸运，那又何尝不是我们每一个文学中人的幸运呢！诗歌就是这样神奇，让你不期然地，在语言艺术的镜子里照见自己。

最近和胡坪往来书信讨论他的诗歌时，记下了他的一段话："诗歌作为心灵的教堂，我还会坚持写，力争写出心中的'那一首'来，那种节奏就是自己呼吸的节奏，那种感情就是自己与生俱来的禀性，那种意境就是心灵深处的一角。"

说得多好，那就以诗人自己的话，作为这篇短序的结语吧。

（周燕芬，女，文学博士，西北大学文学院教授，博士生导师，中国现代文学研究会理事，中国当代文学研究会理事，陕西省作家协会理事，长期从事中国现当代文学教学与研究工作。出版学术著作《执守·反拨·超越：七月派史论》《文学观察与史性阐述》和散文随笔集《燕语集》等多部，发表学术论文与文学评论80余篇，获陕西省哲学社会科学优秀成果奖一等奖等多个奖项。）

目 录

第一辑 故土守望

写在大地的册页上（组诗）   / 003

乡村的母亲   / 008

祖国，那无垠的蔚蓝（组诗）   / 010

家乡日月长（组诗）   / 015

唱起民歌（外一首）   / 019

至上双亲（组诗）   / 021

默念兄弟的名字

    ——致2010年"7·18"抗洪抢险

      烈士罗春明和冉本义   / 024

紫阳茶山，紫阳茶（组诗）   / 026

诗意季节（组诗）   / 031

古井边的那棵柳树   / 034

便民桥记   / 035

立春   / 037

乡村速写（外一首）   / 038

寻访春天   / 040

五月的风   / 041

中国巨石   / 042

韭菜，那无可替代的韵脚（外一首）/ 043

一株中国玉米   / 045

月亮，是一首透明的诗   / 047

山桃花的春天   / 048

山中的兰草   / 049

醉意春天   / 050

转身时亮起的万家灯火   / 051

铁匠   / 052

故乡，激荡灵魂的风景（组诗）   / 053

大地的思念（组诗）   / 058

第二辑　感念岁月

每一天都是唯一的   / 063

慢慢地去爱   / 064

我喜欢石头   / 065

云端之上   / 066

远的，近的（组诗）   / 067

雨夜   / 072

大地上的灯火   / 073

雨，还是下了   / 074

手的弹奏（组诗）   / 075

在安康东大街阅读吧读书   / 082

火车驶过汉江大桥（外一首）   / 083

火车在梦里跑来跑去   / 085

守望春天   / 086

你看那天边，有一颗灰暗的星星   / 087

生活症候   / 088

是地上雪，也是瓦上霜（组诗）   / 089

瑜伽   / 095

两个字　　　　　　　　　　　　　　/ 096

春天，穿过大地的芬芳　　　　　　/ 097

两块并排的石头　　　　　　　　　/ 098

我要说的是——　　　　　　　　　/ 099

我们的春天　　　　　　　　　　　/ 100

一只蜗牛的早晨　　　　　　　　　/ 101

我的诗里有把斧头……　　　　　　/ 102

秋意　　　　　　　　　　　　　　/ 103

时间，哗哗地落下叶子　　　　　　/ 104

趴在地上，看一条蚯蚓　　　　　　/ 105

那时　　　　　　　　　　　　　　/ 106

盲人　　　　　　　　　　　　　　/ 107

我没想这就是幸福　　　　　　　　/ 108

两片秋叶　　　　　　　　　　　　/ 109

接住——　　　　　　　　　　　　/ 110

我们的那棵树（组诗）　　　　　　/ 111

我的诗句铺就了我的出路　　　　　/ 116

还原　　　　　　　　　　　　　　/ 117

练习生活（组诗）　　　　　　　　/ 118

意念之花（组诗）　　　　　　　　/ 121

坐下来听它们说　　　　　　　　　/ 124

当白昼撤退的时候（组诗）　　　　/ 125

流浪狗　　　　　　　　　　　　　/ 130

北风吹过山冈　　　　　　　　　　/ 131

一棵树在月夜里梦游　　　　　　　/ 132

第三辑　玫瑰之刺

爱情素描　　　　　　　　　　　　/ 135

越爱越简单（组诗）   / 136

如果不是你挥动衣袖   / 140

半透明的夜   / 141

寄寓（组诗）   / 142

等你   / 147

你总是在一束火苗里（组诗）   / 148

留下来的情人   / 152

我在你的睡梦里写诗   / 153

天河   / 154

秘密   / 155

我说的是一只橙子   / 156

血液的门口   / 157

写你的时候   / 158

你是我的呼吸（组诗）   / 159

月球上所见   / 163

背影   / 164

第四辑　我思我在

窗台上的灰尘   / 167

小小的星星（组诗）   / 168

深山古寺（外一首）   / 172

山冈上的冷杉树   / 174

活下去   / 175

漏风的墙   / 176

追问   / 177

花之影（组诗）   / 178

河对面的山   / 181

短歌行（组诗）   / 182

静静地坐着 / 186

两棵橘树 / 187

我亲眼看见（组诗） / 188

是你的提问，还是你的回答（组诗） / 191

我所能见到的世界 / 193

说及命运（组诗） / 194

死亡的影子 / 198

宿命 / 199

时光素描（组诗） / 200

易碎的词语 / 203

存在时刻（组诗） / 204

一朵花开在另一朵花里 / 207

单薄的月亮 / 208

切开今天的石榴（组诗） / 209

黑夜 / 211

看不见的 / 212

如果我不说，你不知道 / 213

上山，下山（组诗） / 214

用诗句接住降落的灰尘 / 218

总在路上（三首） / 219

美在情真
　　——胡坪诗歌赏读　　叶松铖/ 221

相遇世界
　　——写在诗集后面的话 / 224

第一辑　故土守望

写在大地的册页上 (组诗)

倾听土地的声音

剧烈战栗和痛楚后，我们终于开始倾听
土地的声音。像玉米的根须，在深处
攥紧泥巴，细听它不息的汩汩血流
听到那些因贫瘠和污染而绝收的坡地
发出不堪重负、疲惫的叹息

也像蚯蚓，与土地保持攻守同盟
在同一粒泥土里呼吸。在面对碾轧
和践踏时，我们不再冷漠地背转过身
在一棵受孕的向日葵面前
我们像它一样弯下腰，谦卑地站定
土地的声音从脚底升起

在一块石头下面，在一棵杉树的根部
倾听深埋地下祖辈们喑哑的耳语
挖掘机和铲车阻止不了我们
但一株枯萎的高粱，或者土豆
可以挡住我们的去路
我们天生都是一株株植物，迎风摇曳
在现实中分蘖，在梦境里拔节

江山之印

张大爷族谱记载，连续九代都住在那个山坳里
高楼和店铺，只是闲谈传闻，与他们无关
张大爷有五亩八分地，外加荒山二十亩
还有一小片竹林，就在门前的小桥流水间

那土坯石瓦房，完全从泥土里长出来
黄土打麦场、菜地、牲畜圈舍，以及旁边
蜿蜒连绵的山梁，都是张大爷的胳膊腿儿
动哪儿，哪儿就疼痛得要命

张大爷的儿子来电话说，他已经在上海安家
要把家里的旧房卖掉，全家搬到上海住
但张大爷说，离开故乡在上海就是游子
这个家要兴旺，根子还得在故乡往深地扎

张大爷写了申请，强烈要求给旧房换新证
他腿脚不方便，恰逢工作人员上门服务
房屋、庄稼地、山场和树林，都逐一标注
在坐标定位的图纸面前，张大爷笑得有点得意
这就是我家啊，画儿一样，我必须守住它

他在衣裤上擦了擦食指，颤巍巍地摁下了手印
当工作人员把"不动产权证书"交到张大爷手里
他眼睛一亮。封面上"中华人民共和国"的名称醒目庄严
他的名字紧连着祖国的一片江山，一枚硕大的
朱红印章，就像后山上永不落的太阳

矿洞，一双盯着我们的眼睛

谁都无法拒绝，大地把我们
当成她最疼爱的孩子，用石头和树枝
紧紧抱在宽厚的梦乡里。谁都无法逃脱
大地那一双双无形的眼睛
在骨头里醒着，让我们全身丝弦紧绷

在一个百年矿山漆黑的洞口前面
我看到了一千米以下的深和暗
我们要生活下去，必须咬铜吃铁
我们的现实和梦想，也需要真金白银换
那最黑的煤，将给我们最初的母亲般的温暖

从矿井里走出来的人，目光冷峻
我不敢直视。我们的亮光是不是奢华
我们的加速度马达有没有空转
当一场白雪无法覆盖矿山的惶恐和忏悔
我们愿用自己的血肉和愧疚回填
哪怕多少亿年后，才长出一小段肋骨

看着矿洞这双眼睛，正如矿洞一直盯着我们
我们立定在青山脚下，在古树的浓荫里
在一场有着天籁之音的遍地细雨中
陷入庄严的宗教。啊，我们膜拜的
自然的图腾，就是我们自己的灵魂

生命的遥感

在厚厚的一堆卫星遥感图片中，地质专家
解译时，惊奇地发现了这样一幅图景
一个夜晚，上帝放出恶魔，一场
漫天的特大暴雨，降临到没有防备的人间
山洪、滑坡和泥石流，闪电般呼啸而出
只一个瞬间，家园失血太多，苍白而羸弱
其中一个村庄，无声地整体消失
庄稼和房屋一片空无，甚至没有听到近百人
痛苦的哭声。三年后，卫星又拍到了
这个村庄，绿树掩映，道路环绕，好像是
自然的城堡。人们和车辆穿行于城门口
牛羊、晾晒的衣服和大地的倒影，依稀可见
多张图片比对，这个村庄的窗户十分密集
无论斗转还是星移，窗台的灯光彻夜不灭

在小区广场溜达的福顺

五十岁的福顺终于下决心，舍弃那口水井
舍弃那三间已经在风中飘摇的老屋
同意从山上搬迁了。下定这个决心的时候
他把嘴唇都咬出了血印，接着吼了一声
使劲地，自己拍了自己一巴掌

现在，福顺住进了集中安置小区的新房里
在一家建筑工地里打零工，早晚都不忘

在小区周围溜达，像巡回在老家的田埂上
他在边角地上种了菜，温习着拿锄头的姿势
与人聊天时，把节令、收成换成了工资和新闻

有时喝点小酒，他会坐在小区广场的长椅上
不经意地走了神，想着想着不禁笑出声
他走到从老家移栽下来的桂花树前，像在说话
桂花树长得比在老家还要繁茂，一阵风过
整个小区广场，都是福顺的桂花香

乡村的母亲

母亲只认识自己的姓名
但牢记了许多农事和植物的名字
她在历数中，轻唤那些名字
沉睡的名字，苏醒的名字
黯然神伤的名字
如同我在课堂上朗读诗句
那些节令和植物，盐一样
浸进了我的骨头
并通过奶汁
点燃我血液的灯盏

她抓取大把的柴火
执拗地连绵不断地烧红火塘
炽烈的火焰
舔舐着我娇嫩的青春
母亲撩起衣襟轻擦眼角
那优雅而含蓄的
苦涩泪水
朦胧了我永生的村庄

母亲匍匐在被节令装点的土地上
细数种子和花瓣
在暴风阴雨后的阳光中

把倒伏的植株一一扶正
然后扶我到村口上路
母亲把自己置于生活的暗处
总让我站在她的向日葵旁
弓着腰的母亲，不曾拍掉
身上的泥土和草屑
分明是一块沉默的石头

母亲用手掌揉搓爆裂的豆角
几粒黑仁聚首，紧紧簇拥
圆润而闪耀着太阳的光泽
母亲出神地默读
这尘世和自然的杰作
她用能握住整个乡村的双手
抚着我的眼睛和额头
那浓烈的泥土和青草气息
仿佛是我永世的归途

祖国，那无垠的蔚蓝（组诗）

中国的泪水

——写在"5·12"汶川大地震突发之际

2008年5月12日下午2点28分
强烈的阳光之下
突然腾起一股烟尘
遮住了天空的湛蓝和人们的双眼

这是心与心的感应
在你们倒下的那一刻
我们的灵魂同时剧烈痉挛
那供你们栖息的宁静之床
也倏地坍塌
几十万的乡里乡亲淋在夜雨中
而那头顶之上却悄然擎起了篷布和雨伞

把一座废墟铲平
把一块磐石击穿
让我们拉着你的手，顺着我们的臂弯
挺直腰背，抖掉身上的尘土
让我们大声呼喊，深情地
说出你们想说而无法说出的万语千言

九百六十万平方公里不是面积

三千公里也不是距离

震波延续了天灾和苦难

生命的风烛，在衣衫、手臂

和徒步跋涉之间向前传递

因为同样振幅的脉搏

因为同样底色的殷红血液

阴霾之上，也现彩虹

温热的太阳雨催开花朵

天空，在我们凝望的眼睛里亮彻

澎湃吧，中国的泪水

去抚慰民众的伤口，去浇灌你的土地

和四川方言播种的花朵

祖国，那无垠的蔚蓝

我的晨梦初醒的母亲

我又一次从星月之夜的丛林里

向你走来。虽然那已遥远

但那衣衫上的草叶

还在闪着寒露的光泽

曾经的长吁短叹

化为你衣襟里舒缓柔曼的旋律

在你的双膝下，我仰望着你的脸

然后轻轻地俯下身子

把新采来的山花和坚果举过额头

岁月深井里
你用一滴雨水，向我溅起浪花
你把贫穷的喘息和梦呓
投进炉灶，用火焰续接黎明
在命运的黯淡处，你咬住绳索
将负重的货船拖过险滩
母亲，你在一棵生命树里端详
我又一次用双肩包，装满你的嘱托
并远行在你无尽的注视里
当我挥手，穿过一道道峻峭的崖壁
跨过一座座纪念碑和山冈
当我义无反顾，走向墨绿的大海
母亲，我宽宏炽热的祖国
是你的深沉，向我涌起无垠的蔚蓝

讲述南湖画舫

无力喘息的孱弱南湖
讲述一艘画舫的艰难历险
一群热血青年
心手相连，信誓旦旦
他们压低了声音怒吼
要将日月换新天

铁蹄下的破碎山河
讲述褴褛的草鞋和绑腿
从泥淖中擎起的旗帜
讲述密布的弹孔和血迹

它的猎猎之声和鲜红
成为时代的体温

闪亮的镰刀在讲述
讲述同胞的眼泪和粮租赋税
无言的铁锤在讲述
讲述赤裸的压榨和盘剥
于是，他们走到了一起
手挽手唱起俄语的《国际歌》

今天
是一个风平浪静的日子
它也在讲述它的回味和安宁
一位长者在酒意的微醺中
亮出他的胸膛和记忆犹新的疤痕
他的孙女儿在湖边玩着纸船
她说，这就是九十年前的画舫
它要驶向浙江的嘉兴

一条河流对一个人的怀想

他着一身长袍，裹挟幽兰之香
穿行于两千多年的世俗
一个人的名字上，长出新叶
蔓延成艾草、菖蒲和青山苍翠
为此，门楣上高悬着五月的天空
这让我们再次想起屈子

他的衣袂临风飘飞，目光沉郁
以及他诗句里的刀剑和雷电
他浪漫的乌托邦
就是今天的祥瑞和安宁

端午是一个思念的日子
仿佛看到诗人怀抱家国，逆流而上
拜谒汉北和江南的苦难星夜
沿着那时悲伤的河岸
执拗地钩沉河底的奸谗和忠贞
在战国混乱纷争的阴沉天气
他在诗书里剑拔弩张
在山崖上抚琴吟咏着楚国
悲愤，只是汨罗江上的一朵浪花

那是一块多么沉重的石头
许是楚国破碎山河中
最疼痛的一块
那是一块一直睁着眼的石头
只有它才知道黑的深暗和窒息
只有那块石头的内心最懂
民间的高山流水和花好月圆
今天，我们轻抚着这块石头
陷入天地的辽阔和宽宏
一条河流对一个人的怀想
一首诗歌对一个词语的祭奠

家乡日月长（组诗）

紫 阳 阁

在任河的险峻雄奇之上
在汉江的壮阔秀丽之上
在任河与汉江交汇的祥瑞和空灵之上
紫阳阁，被秦巴山脉缓缓拱起
置于我们仰视和敬畏的高度
如同风火轮，在五百年的旋风中旋转不停
当你落座于文笔山巅
那一刻，你在紫气和阳光中完成了塑形

顺着台阶向上，每一级都是虔诚和叩问
长一步、短一步，深一脚、浅一脚
都是我们与生俱来的倾慕和爱恋
眼中那个巍峨的影子在头顶高高地矗立着
过往的历史和悲欢变得臣服而安静

站在群山深处，透过西北的繁密星野
你通体明亮，玲珑在夜空中
剔透在我们的掌心里。那些晃动的人影
依稀认得出，哪些是祖先、邻里和父老乡亲
紧紧相连的，是方言故乡情

上承风雨雷电，苍穹和天道

下接城镇乡村，疆土和炊烟
你一一清点，用你的翅膀抚慰
有灯或者无灯的日子，我们厮守一起
你总在搬运、托举，不断传递和转移
那些泪水和悲伤，那些庆典和节令
紫阳阁——你高置阁楼顶层的
是带着我们的胎记的经卷、诗章和器皿

五省会馆

任河边的瓦房店，是个典故
这个典故，长江一直在讲
汉江跟在长江后面讲
故事得从明朝讲起
商旅白银，舟楫盐茶
人们张嘴必说，传奇的小汉口
客人走了一茬又一茬
茶壶里的茶水
一直煮着，历史热气蒸腾

船舶逆流而上，游客慕名而来
乡亲们寻根问祖，不肯罢休
那些保存完好的堂馆
留住了与游客一起的好时光
那些残缺的断墙片瓦
显得淡定从容
它们自有过往的繁华和惊艳
来到五省会馆
你看到的，是凝固了的岁月

你无法看到的
都已残存在古老的壁画里
如果你要在桂花树的阴影中
钩沉，打捞，或许是秦岭的夕阳
或许是巴山的月亮
也可能是紫阳春茶的迷离小醉
这时，你就梦回到明清
在江边闹市的木板阁楼里
美梦一场

仰望擂鼓台

黄巢擂鼓之后
群山退让，成就了它的高度
北面的月河川道
和南面的汉江谷地，拱起了擂鼓台
海拔1891米
在川道和谷地是一种暗示
更是一个无法拒绝的高度指引
上面的道观，直接绝尘

从山脚向上，脚同灌铅
但身上蓬松的羽毛
提着你，拧着你，一步一个台阶
在最险要处回望
山腰蚀人心骨的松涛
会逼出你心底的那点形而上
快到山顶时，楹联首先看见你
在山门前，一切心领神会

擂鼓台，陕南小武当
远道的人们，登临一次脱俗一次
道士们枯坐在一个制高点上
把风声、云雾和虫鸣读成经文
山民的低头耕种和编织
都是跟山顶道士同步的修行
偶一抬头张望，原来
自己就是遍地的无名草木
我们就地站立，如同神仙行走天宫

在金州广场

楼房向上围住了天空
灰尘和阴暗散落在角落和深巷

这是多少人的心灵腾挪出来的
空旷之地
又被多出数倍的人群所占据

我在那里大口呼吸
自由地伸展手臂
但又有莫名的忧虑布满面孔

一只灰白色的后现代主义鸽子
从空中慢慢地低旋下来
很久很久，它还在那里回转

它来来回回地飞在我空蒙的头顶
好像要停在我这棵
似是而非的桑树上

唱起民歌（外一首）

唱起民歌，唱起那
田地里的老黄牛
重轭之下，步态悠然
白天啃食着山坡的青草
夜晚咀嚼着村庄的星光
田里哞哞低音
糅合庄稼人山梁上的高腔
有了民歌的深沉

唱起民歌，就唱起山羊
扑扑腾腾地，冲出栅栏
在山涧崖畔翘首，撒欢，咩叫
和着牧羊人的吆喝
声音，在山谷里碰来撞去
有了民歌的空灵

唱起民歌，自然唱起蚕虫
吃月亮丛里的桑叶
饮星星河里的清水
小小蚕虫
爬满乡亲的手背和胸膛
当白色的蚕茧结满绿色的桑枝
民歌又在新的年轮里生长

唱起民歌，还唱起大山，唱起黄泥厚土
民歌的旋律总是与它们一起脱口而出
这扎根洼地、山冈的野生植物
如风车和石磨，如镰刀和烟锅
在村口道路的滚滚尘土里
它卷起阵阵微熏的风
摇曳着这枝在乡村走动的花朵

深秋的吟哦

当我站立
我就是山坡上的一棵橡树
一阵风吹来
橡子叭叭坠落
砸在老家的屋顶上
砸在游子的脚背上
这深秋
橡子将我无声地淹没

至上双亲（组诗）

梦见母亲

母亲摊开冬天的手掌
摊开一捧麦粒
这时我看见
白茫茫的，满乡村下着大雪

麦粒在风中滑落
在土地上散开
落到石头的缝隙里

雪花在母亲的手里融化
现出它的原形
就像泪水，却又冰凉

母亲空着什么都没有的巴掌
我不是麦粒，也不是雪花
更无法被母亲攥在手中……

父亲的草帽

父亲戴着草帽
在田埂上巡回走着

庄稼这时显得整齐而肃穆
仿佛敬了注目礼
父亲也谦卑地弯下腰
用粗大的手掌安抚着它们

他不停地弯腰和站起
草帽也在田地里飞来飞去
并与父亲形影不离
酷暑和风雨中
草帽让父亲沉重的双肩变得轻盈

草帽沉默着，见证父亲
弓着背，十指插进泥土
如同一棵负重的向日葵
让自己的脚趾与泥土
结为手足兄弟

远远地，在太阳落山的地方
父亲戴着草帽荷锄归来
草帽随着父亲的山歌忽高忽低
最后融进夕阳的影子
天边的晚霞，霎时一片血红

在严冬里，与母亲通电话

母亲隔着大团大团的雪花
在电话里说，她啥都好
她说粮食都上火炕了
玉米秆都收回堆屋后了

冬地翻耕即将开犁了
她——数叨，几次停顿
她没说她日渐单薄的身体
和生下我们就患上的风湿顽疾

母亲在电话里说得漫不经心
就像炊烟在屋顶上缭绕
但我知道，她刚刚弯下腰
在白霜的早晨用呼出的热气呵着手
捡拾柴火，等会儿
还要去冰封的河边挽起袖子
淘洗红薯、土豆和萝卜
圈里的猪，院里的一群鸡鸭
眼巴巴地望着她

因为无语，我挂断了电话
我不想让母亲说出
她的期盼和我眼里的酸涩
我只望捎回的西药片和汤剂
从那些小道近路
在西伯利亚寒流之前
先于严冬的瘴气和风寒到达

默念兄弟的名字

——致2010年"7·18"抗洪抢险烈士罗春明和冉本义

用我的双手缓缓摊开
用一整个漫长夏季慢慢呈现
罗春明、冉本义,两个名字
我的两个还没来得及认识的兄弟
你们用淬火的生命
浇铸了充满金属质感的相册封面

这是两个在暴雨中搀扶生命的名字
是两个浑身溅满泥浆的名字
是两个活生生的,冲在最前面
在我们睁大的眼睛里直直倒下的小伙子
那曾经握手问候,倾听心声
血气方刚,走村入户的名字……

兄弟,请允许我这样称呼你们俩
你们以点滴大爱关切人间冷暖疾苦
危难关头,你们毅然舍生取义
让我再一次默念你俩的名字
用那满目的悠悠汉水和苍翠青山
让我再送你俩一程
你们那决绝的挺拔而巍峨的背影

罗春明、冉本义，你们的姓名
已紧紧地镶嵌在我们的姓名中间
安息吧，你们前面的路
不管有多遥远，多坎坷，多艰险
我们都为你们走到终点，直到尽头
把火炉和坚果带到你们面前

紫阳茶山，紫阳茶（组诗）

紫阳富硒茶

一棵南国嘉禾
带着闽南口音，涉水长江
落户陕西紫阳
那是上古巴国的事了
细节，在茶汤里发酵
四千多年
炮制了时光的味道

东汉年间的春天
有人拿盐巴、布匹和瓷器
兑换紫阳茶叶
从茶马古道到丝绸之路
越过重重关隘和驿站
紫阳茶香成为风潮
乡土弥漫了皇城和宫廷

翻开《紫阳县志》远古篇
边关上，时常兵荒马乱
深山僻壤，一直刀耕火种
间有佛音袅绕禅道打坐
茶树，与先民一起

平起平坐，称兄道弟
就在日常生活的字里行间
又是清明谷雨时节
翠峰、银针、毛尖和香毫
一个个呼之欲出
身穿草裙，娉婷婀娜
乡音乡情不致命
但染上了，不是相思就是痨

这是一片叶子在紫阳的传奇
你若探其秘密究竟
那就随便拔起一株看看
多繁密的根系密码
——"中国紫阳，富硒绿茶，
国家原产地保护产品"

紫阳茶山，紫阳茶

积淀着立春、雨水和惊蛰
攒足了白云和雾气
它就打开山门，挥动旗语
昭告天下，新的茶芽
就是秦巴腹地的王，至高无上

沿着陕南纵横山脉
在石坎、山崖、丛林和坡地
步步为营绿色汹涌
催动乡土村庄。茶香的微醉

随风蔓延。春江荡漾
千山万水都成了旷世乡愁

游客如织，故意操着方言
与采茶女及山歌，水乳相融
远古的鸟鸣划过露水
苍茫深处，是马帮和驼铃
慢慢洇开了，一幅古老的风俗画
风吹云动，露出了汉江古渡口

蓦然间，一片初涉人世的茶叶
正向我们翩然而来。婀娜，妖娆
气息扑鼻，沁人心脾
我们立即用山泉，用陶壶，用纤手
全神贯注，凝眸并冥思
在身心合一时，将她刹那捕获

在紫阳茶楼品茶

当下午尘埃落定
安静的阳光，飘浮在屏风
和隔断之间，这时
正好有人叫出：紫阳毛尖、
银针、翠峰、碧螺春
这些名字，很轻柔，很娇嫩
很少的一点贪嗔痴
恰好与尘世和俗念混合
却又泾渭分明

窗外的青山被浓墨反复皴了
局部淡墨，也点了朱砂
万古江河抚琴吟哦
一片茶叶向水杯敞开心扉
隐秘的心事，在说与不说之间
是完全透明的
这样的情景无法阻止
墙上的字画让时光陷得更深

大街上有车辆疾驰而过
有人大声叫喊，让人惊愕
那人环顾紫府路、河堤路、环城路
不乱方寸和阵脚
回头时，茶香已经愈加弥漫
一片象形的茶叶，尽显其性情
只管在杯中悬浮、打坐
若有所思，气定神闲

幺妹儿是棵清明茶

幺妹儿是立春那天出嫁的
小辫子扎着野花，大红棉袄
在冰雪的山路上招摇春风
锣鼓和唢呐踮起脚
山崖上的羊群撒着欢儿
飞扬的细沙和泥土，顺着上河
落在身后村庄的石瓦上
幺妹儿从花轿里探出头来

半哭半笑地大声叫着
——娘啊，今天我这就出嫁了
幺妹儿是惊蛰那天下河的
她唱着山歌小调，手挎竹篮
来到汉江边，来到大青石旁
身后尾随的喜鹊和蝴蝶
得意地停在她头顶的树梢
幺妹儿怜惜着，慢慢弯下腰身
她指尖的波纹一圈圈漾开去
折回来的是汉江两岸围观的风景
和船头隐约滚动的雷声

幺妹儿是清明那天出山露面的
踩着云雾、露水，一路落英缤纷
穿过李花、杏花和茶园
懵懂地撞上了山坡那树桃花
这时春雨淅沥，洇湿的山川河流
简笔勾勒了幺妹儿的婀娜和绰约
翠生生的，定有话语千言
娇滴滴的，已然风情万种
哥哥哎，你且快看慢着摘啊
——幺妹儿是棵清明茶

诗意季节（组诗）

春

一只无名的鸟儿
被手掌紧握
它的羽毛里灌满了风

细小的舌头颤动着
声音震撼着山林
阳光里也有着裂帛声响

在力量的弦上
一双被渴望充血的翅膀
从手掌里挣脱

夏

夜空
在老屋的顶上暗示我们
今夜有暴风雨

而此刻，由远而近的
正是闪电

暴风雨已经来临

我站在一棵树下避雨
一端是洪荒的河水
另一端是闪电的人间

秋

我从天涯
经由水乡、古道和小桥
回到年少的村庄

我带回了一路灰尘
一场场的秋雨
和几只相互依偎的蚂蚁

我不想再去流浪
我要慢慢地
讲述眼前的这些山冈

我用干草喂饱马匹
带上故乡的井水
让它走完秋天的荒凉

冬

越过这道山峦
就是最高的山峰了

站在任何一片雪花之上
都能看到自己的故乡

山上是呼呼的北风
山下是相亲相爱的树木
屋檐的冰凌正在融化
一家的炊烟与另一家的炊烟
在大河口上方聚集

几声犬吠，几声牛哞
还未及听到乡音
雪球从山上滚落
撞向农家半掩的柴门

古井边的那棵柳树

村头古井边
那棵柳树，如同
年少时的母亲
轻轻地，稍一弯腰
就撩起一捧晃动的倒影

树里藏着一群星宿
在天空洒下虫鸣和朝露
枝头上的月亮
在窗口成为梦境
成为一片伞状的清凉

最长的柳枝垂到井沿上
依偎着我们祖孙三代
我梳理着母亲皓白的头发
外婆突然起身
在后山上
更远，更远地望着我们……

便民桥记

出县城跨过汉江大桥
就转入高速引线桥
穿过高速公路任河特大桥
然后通过可以行驶客货车辆的
钢丝吊桥，到达
我们所包联的快活村

快活村只是一条河
只是一条断头的公路
村民杂乱地散落在河两岸
抬脚就是陡天坡
进村的第一天就有老人说
快活村受一条河的阻隔
缺少幸福感
并不是那么快活

举手表决，下拨资金
我们按着村民掰着指头的计算
修建了五座便民桥
五座桥都是钢梁加混凝土
或带扶手，或做梯步
五座桥虽都无名
但都带有坝、坎、墩、沟、梁

都在村民的眉梢心头

张家到李家不用脱鞋湿脚了
王家院子的学生上学时
不用家长背着过河了
村民出门不用拄着木棒
颤悠悠地蹚水了
上河与下河，河东与河西
就像浪花般活泛了

包村队员交叉走着
村民与村民结伴走着
包村队员与村民携手走着
从小桥到大桥
这些便民桥，变成了
踩不断的"铁板"桥

立　春

中午一点三十分，太阳
七十五度角从窗户斜射过来
落到我正在阅读的诗集上
那些诗句，见了阳光
就血液涌动了，飞升起来
就像树上的叶子在和煦的微风中
沙沙地响个不停
一个沉闷而冗长的严冬
终于按捺不住这个瞬间的骚动

顺着蓝色的太阳光线看去
远处山巅的山桃花白得耀眼
像是河边巨石的闪电
繁密的枯树投影到我的脸上
柔软而冰凉
充满了疼痛的生命质感
逆着光的山谷里
太阳汩汩流淌，轰鸣声
似来自大地深处滚动的石头
孩子们循声在田野奔跑
轰隆隆的春雷
就在这群山的跟前和远山的那边

乡 村 速 写 （外一首）

父亲用斧头劈柴
母亲剥着蚕豆
桑葚压弯枝头
苎麻正迎风成林……

一片稻田
倒映在另一片稻田里
一阵犬吠
淹没在另一阵犬吠中

三两个行人
五六户炊烟
大门和窗户相对开着
群山都是透明的

深山里的黄昏

寂静的黄昏时分
是谁敲击柴门
炉中的火苗
忽闪着进入回忆
是谁裹着一身的风雪
站在我孤独的眼睛里
正要道一声问候

可又不见你的踪影
一片洁白而轻盈的雪花
越过群山的苍茫，望着我
落在我的诗句里
透露给我远方朦胧的消息

寻访春天

必须说到，这个偶然的春天
必须说到我的漫步
这另一个偶然
我完全被尘土抛出
被囚禁的身体放逐
无依无靠，根本无从形容

我只顾向前走
我走过了城郊的残破桥栏
走过了村落和山谷
在花影缠绕的脚步里
在鸟儿遮蔽的视野中
我向前走，穿过雨水的根部

不由自主，无法停留
在春天的幽深处
低矮的灌木丛挡住了去路
苔藓慢慢爬上来
一尾小鱼，将我清寂的影子
投射在古老的潭底

五月的风

五月的风从群山之上
抚摸过来
绿了桑林　黄了麦田
五月旋起它的裙裾
摇响季节的手镯
从高原、从平地姗姗而来
轻轻地唤着金黄的名字
阳光柔情的手指
细数熟稔的麦穗
在静静的麦地里
镰刀与阳光浅吟低唱
五月　就是那麦粒
在打谷场上飞扬
在手掌中熠熠闪光
五月高大的树木
在天边外的风中摇撼
五月飘移的云朵
在山峰上微微含笑
夜空的星光繁喧
庭院的麦堆温热
轻轻地　轻轻地
是那五月的风
带来粮食和艾草的清香……

中国巨石

用镰刀和铁锤，铸造一块中国巨石
打开巨石，打开从沼泽地和雪山擎起的旗帜
打开巨石，旗帜正拍击着黄河与长江的涛声
启蒙者之血的山茶花一朵朵开遍大地
在巨石的根基旁边，开成硕大的牡丹

用声音铸造。一个声音在巨石里回响
在猎猎的旗帜上和遍地的牡丹里回响
一个凝重的声音，穿过漫漫云空长夜
沉淀在黄河涛声和黄色皮肤里
沉淀在黄色皮肤下东方太阳色的血液里

中国正在铸造一块巨石，用鲜血和骨骼
抚摸巨石，抚摸历史的伤痕和未来的眼睛
抚摸广场上一尊尊静默的雕像
旷野中闪耀的星火已融进巨石的身体
巨石紧密的内核中构造出千万个黎明

中国巨石既在北京，也在任何一个城市与乡村
它由花岗岩的现实和银白色的梦想构成
轻轻叩击，就能讲出许多美丽动人的故事
它由民众用泥土和金属亲手熔炼铸造
轻轻叩击，就有天长地久的回声……

韭菜，那无可替代的韵脚（外一首）

如果不是我抛却烦琐之事走进乡村
走进那座装满了风声的旧宅
低矮的竹篱，写意的庭院
如果不是我挽起紧绷的裤管
躬身于被遗忘了的庄稼地和菜园
如果不是我的衣袖碰落了透明的露珠
溅湿清晨的鞋帮和大地
我根本无法听懂隔山的鸟鸣和蛙声

我呼吸着大伯身上浓烈的太阳味儿
随他坐在田埂上，看日头西落
听他讲述盘古混沌及斗转星移
在他哽咽着数落鸡仔和秧苗的时候
却用力地将我推向一边
深深弯腰，用一双粗糙的大手
将一棵玉米苗从板结的泥土中抠出

那一刻，我抬眼望去
流溢在院落和田埂的都是葱翠
那些超越大地和辛酸苦涩的诗行
字词窸窸窣窣，分蘖生长
它们彼此凝视，相互击掌致意
当我走近菜地，一片韭菜正楚楚动人

契合了我身上的泥土和草屑
微风吹来，韭菜读出了大地的声音
用它那无可替代的音律和韵脚

乡村之夜

夕阳的千军万马撤离了
滚滚烟尘散尽
山林从四面向着房屋围拢
草木的叶片瞬息倾覆大地

夜鸟的啼鸣
牛羊咀嚼的声音
让蓝色的空气微微战栗
心灵的穹顶之上
是星星轻盈的气息

我坐在一棵耸立的大树下
坐在一条细小的溪流边
我的手指搭着星星的臂膀
从石头到达尘埃

一株中国玉米

一株玉米的生长，以中国版图为背景
节令和民歌摇曳着它
它一边回忆着叹息、劳顿和空洞的晚风
一边巡回在田间地头和农家院落
夕阳带着轰鸣声跌入乡村山垭口时
一株玉米弯下腰，紧紧地拽着我的双手
激烈的语言，在我的脸上拍打……

作为一株玉米，一株在中国扎根的玉米
它必须昂起自己的头颅，警醒于曾经
那些深沉的眼窝和祖传的大海碗
一株正在成长的玉米，置身田野
在南国与北疆之间走动
带出历史云烟的深邃和现实的辽阔
它在月光中停下来，与乡亲们推心置腹
促膝谈心，家园和梦境口口相传

它生长在洼地、山峁、平原和丘陵
把蝉鸣和云朵举在乡村的头顶
透过玉米林的缝隙，我们看见了老宅窗棂
远一点的是院落的炊烟，再远处就是矿工食堂
五星级酒店的旋转餐厅和自动食品加工厂
这是一株中国玉米，它不能盲目高蹈

也不能妄自悲泣，它需要抬头挺胸
像夏天的太阳一样，咬紧牙关，信誓旦旦
每年秋天，把吉祥和芬芳挂满屋檐

一株中国玉米，就是一棵农作物的传奇
它必须以玉米的本色生长在中国
它必须以农业的方式长在广袤乡村
现今已经长出了阔大的叶子、粗壮的节秆
长出了缨须，传粉受孕，结出了籽粒
它已经酿出醇香美酒，在节庆时擎起大红灯笼
它用大把的根须牢牢地抓住黄泥厚土
坚强地抗拒病态和羸弱，把籽粒攒在手心
用中国水土，长出了国民的幸福指数

月亮，是一首透明的诗

世间的事物，像遍地的茅草
高过头顶的荒芜，直达
空旷和沉寂。风力描摹的
是石头般模糊的面孔
很多的时光，拥挤在通往
星星的道路上。很多的声音
在穿越声音时变得喑哑
当深秋带着我们继续北上
脊背雨点发凉，落叶纷然
满坡的树林，瞬间变黄

退回到窗前，汉江秋水长天
人世的冷暖如对面山色
从荣到枯都没什么大的波澜
只是一些剧烈疼痛的肉刺
随着寒暑冷热交替，牵连着
宿命的骨节。就如夕阳
又一次落入山的背面
月亮，却因此充盈而圆
将夜晚制成一首透明的诗
用桂枝，洒向人间

山桃花的春天

在汉江边的一个古渡口
山桃花忍俊不禁，倏地绽开了
码头人头攒动，面若桃花
水草在江底的粉红里招摇
妖娆的故事在风中到处流传
这是许多年的旧事重现
大地再也无法捂严的隐喻

顺着汉江支流一路向上
山桃花把自己开在河谷两岸
春雨未至，河床嶙峋
山桃花在沿岸布阵和呼应
一时间，落英缤纷成雨
岩石间涨起了桃花汛

山桃花并不甘心和罢休
一个转身就蔓延到了山坡
进了农家和庭院
在房前屋后，在鸡鸣狗叫之中
与俗世和尘土一起
开在石板屋檐下，开在木格窗前
这或许是它内心的一种疼痛
我们叫作人间三月桃花天

山中的兰草

进到山林时，兰草
一丛丛站出来
它们远离人群和市声的样子
正是我的某一个梦境

有些在落叶和枯枝堆里
蒙着崭新的尘土
有些已经开出了花
与野蜜蜂和飞虫订了契约
一种心动，或者顿悟
又于微风中隐去了姓名

这里的安静就像老旧的抽屉
很小的，套装着更小的
山一层，水一层
直到邈远，在松针的尖上

无限靠近山色和芬芳
兰花始终不动声色，近于禅修
那些北风、骤雨和夜露
仿佛在某处密谋
在兰草前，翻看我的阅历

醉意春天

多奢华而明丽的光阴啊
一朵花，倒在另一朵花的
怀里，一片叶子
躺在另一片叶子的阴影中
斑驳的灵魂，在蜜蜂的翅膀上
梦境烂醉如泥
很轻很轻的分量，越陷越深

山桃花瓣像振翅的蝴蝶
蒲公英的种子飞向荒芜的坟地
春天的生死，很迷离
眼睛里的星星，被鸟儿扇动
又被一片新绿洇湿
我睡在崭新的松针上，天空
围着一棵树快速旋转
古老的大海，伸出臂膀
将我们置于它永恒的波浪里

转身时亮起的万家灯火

一直假想，能在太空之上
俯视悬浮的大地
我想看到地上那些仰望星星的人

但终未如愿。只要回到故乡
我就站在低矮的窗户前
奔腾的河流，指向群山苍茫

我曾在飞机的舷窗
看过云海之下移动的山川
它们实景印证恢宏、深沉和辽阔

但这些，都不及
在一场巨大的风暴和阴霾之后
黄昏舒缓，江水从容
我一个转身，大地
随之次第亮起的万家灯火

铁 匠

在郊区一个狭小的手工作坊里
铁匠把烧红的废铁块
放到如磐的铁砧上
抡起铁锤锤打，他挽起袖子
就像往大地里钉钉子一样
用积蓄的爆发力
锤打沉睡着的洪荒
锤打由来已久的任性顽劣
锤打表面的浮华和内在的扭曲
火花，从灵魂的挣扎中迸发

锤打到冷却，再放进火炉里
烧红之后再锤打
如此往复，执拗于事实
铁匠挥汗如雨，沉默如铁砧
他紧紧地咬着牙关
他要烧红的铁块说出自己的韧性
再说出自己的刚硬
最是那冷水中的一激
一个寂静的下午戛然而止
现实在亮光闪闪的斧子上定型

故乡，激荡灵魂的风景（组诗）

村头的古槐树

一棵古槐树
在整个乡村走动
从大地深处擎起一片天宇
它用不同的形状和颜色
把密集的太阳遍布乡村
成群的小鸟在树里睁开眼睛
在枝头打开风的翅膀
麦穗金黄，桑葚酸甜
村头的古槐树
天空的精细作坊

坐在大树如磐的根上
就是坐在自家的屋檐下
鸟儿隔着鸟儿　听叶子呢喃
庄稼隔着庄稼　听风中私语
树在村头守望
根却在整个乡村奔走

古槐树摇曳着婆娑的天空
在地平线上
覆盖整个村庄
它声音沙哑　在村头大声呼喊

浓荫上面
有巨大的影子掠过乡村
那是城市
银白色的翅膀

我 看 见

必须爬上耸立的楼顶
疲惫的眼睛
才能越过密集的
房屋和塔楼
越过整齐划一的道旁树
看到我的房间之外
更远一点的天空
和有着丰富细节的大地

我必须一边保持静默与敬畏
一边调整呼吸
我才能看清
郊外山脚的雪地里
一个农妇，一边向双手呵着热气
一边拔着带着冰块的萝卜

两只喜鹊

两只喜鹊突然降临
李子树枝头晃晃悠悠
碰着了下面的核桃树枝
庭院落英缤纷

又说远亲，又说近邻
仿佛是多年前
从那幅陈旧花鸟中堂画里
远走他乡的两只

在山的那边

在栗树干长桥的东头
在褐色山冈的那边
在葱郁大地的尽处
那里房屋低矮地卧着
积雪在洼地储藏
玉米秆燃得红火
青烟缕缕，乡音弥漫

那里粮食在瓦罐里发酵
菠菜顶着霜花
沿着冬至和春分生长
从山坡上收回来的牛羊
将头伸出阳光的栅栏
细细地反刍
整个冬天都是乡村的回味

桑葚

为了麦黄的五月，
桑葚已经足够饱满，
用储蓄的雨水和阳光，

用地窖里陈年的甜蜜，
灌醉田野和枝头。

五月的桑葚，
涂抹着嘴唇，在绿叶背后张望，
我在桑树下片刻等候，
紫红的汁液，
已经从我的身上浸出。

唇齿之间的那颗樱桃

在绿荫中，是一簇
清凉的火焰，渴望生津
一阵风过，光影在枝头斑驳
好像春的雀跃，惊喜水淋淋的
但又静如处子，略带羞涩
因为人们绯红的赞美
竹篮轻盈升起，时光低眉
仿佛馈赠，樱桃置于我们的胸前
只见那人携着契约，姗姗而至
伸出纤纤小手，微启朱唇
将其中的一颗摘下
轻轻放于牙齿和舌头之间

故乡的云

在炊烟梦境的天空
飘着喝醉了老坛子酒的云

那个蓝，仿佛乡情的魂牵梦萦
那个白，就是溢出糖分的期望

坐卧着的原野站起身来
满眼迷离地靠在村头古槐树下

游子山重水复，思念也瘦了
桃红，杏粉，李子白，纷纷出嫁

送走故乡的村庄和山林
白云又飘荡于那口幽深的古井

一只秋天的斑鸠

一只斑鸠
在山坡上溜达
它披着秋天的蓑衣
占领整个树林
落叶簌簌
传来一只斑鸠的动静

一只斑鸠的鸣叫
传来辽阔、亘古与空旷
我低下身来
以使斑鸠从我的肩头飞过
一只斑鸠与我
让秋天的湖水变得更深

大地的思念（组诗）

在回来的火车上

在城市里游荡了一天
黄昏来临，楼房迅速往紧里挤
我不由自主地退回到原地……
家乡的星星在异地低垂
而天空变得更加邈远
火车拉着一群没有家的人

汽笛尖厉地呼啸
陌生的人们用方言温暖着远方
隧道壁灯，宛如老家的窗纸

直达我的乡村小站吧
我是一株萝卜
我要回到我湿润的低洼处……

菜　地

在乡村的尽头
从一片片树林那边

从一户户的农家院落背后
在鸡鸣犬吠的地方
传来清亮的、白菜的声音

我轻轻地走进菜地里
努力接近一棵白菜
听它轻声诉说
那水淋淋的声音
绝不是市场的叫卖吆喝
楚楚动人的身姿
却没有那种世俗的招摇

我慢慢蹲下来
在另一棵白菜的旁边
让细小的露珠
自然地遍布我的身上
我蹲得更低些、再低些
我多想一直低下去
成为一棵相邻的白菜

山林之秋

说起对门山上那片树林
随着语速，它已变幻着颜色
待我从低处的江岸而上
扒开荆棘和落叶，置身深林
我们听到，先前在对岸说话的声音
瞬间里，却什么声息也没有

这时，一颗板栗簌地落下
接着是一颗橡子叭地从高空坠落
它们滚落到同一个洞口
惊悚之余，我仿佛看到树林里的
一只金色老虎，在假寐
我跺脚、呼喊，都没有动静
那老虎或许确实熟睡了
阳光在它的毛发上越趋温顺
一声脆响，还未及回神
板栗和橡子趁机又掉落下几颗

下雪的时候

下雪的时候
我正在山坡上站立
就像灌木一样
挨着枯草一起
将身体努力扎进大地
就像故乡的屋檐高高翘起
用擎起的手臂和掌心
接住霜和雪

第二辑　感念岁月

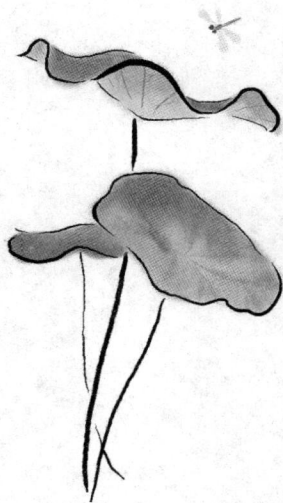

每一天都是唯一的

我趴在窗台
用绒绒的汗毛
拭去镜片上的灰尘
露出朝雾和道路

我缓慢地蹲下身子
将诗集和面包移得更近
让皮肤的静电
融入大海的反光

扛着锄头
穿过菜地和果园
我用旧的竹篮
收集新落的黄叶和雨水

我要静静地站在桥头
与星空一起进入回忆
这时，一条河流
已经置于另一条河流之上

然后我向黄昏走去
走向黄昏的深处和尽头
午夜的灯盏，已经
记下今天的悲喜和唯一

慢慢地去爱

我慢慢地走过来
扛着风，带着尘土
越过正午和密集的人群
以及傍晚纷飞的鸟雀
我在树木的绿荫下前行
在海棠的光影里徘徊
我和阴影并着肩走
有如河流和雨点的节奏

我极其缓慢地
跟在一片落叶的背后
当我走到蜗牛的身旁
我与它们一一打着手语
慢慢地流出了眼泪
尽管身后的原野苍茫如幕
但我还是蹲下身来
我每爱世界一天
蜗牛就向前爬行一点

我喜欢石头

我喜欢石头，它带着粗糙沉重
在强大的逆风中疾走
我喜欢石头，它在猛烈的雨水中
露出一副柔软心肠
它很黑，黑得纹丝不动
在深处和内部，有着漆黑的光亮
我喜欢着这块，还有那一块
甚至是所有的石头

它们义无反顾地，为我
抵挡着雷闪和电击，然后
替我们一步一步走向深海及河底
它们说过，也一直喜欢着我
当我走到它们中间，抚摸着它们
我才发现，它们浑身
全是我的道道血印和伤口

云端之上

云端之上，是云团
是马匹和羊群出没的原野
是安静下来的闪电
那雪花状的阁楼顶子
星星萦绕，通体发亮

但我们在云端之下
在拇指大小的道观看乾坤
在风雨做成的门窗里
依偎取暖
就像盐粒挨着水滴
镰刀枕着锄头

没有翅膀的我们
就像两片落叶，在微风中飘忽
在郊外的泥泞中向前走

远的，近的（组诗）

一场大雨过后

如同一辆巨大的装载车在清运
清空了虚妄的泪水和悲伤
大地保持空旷，也没有多余的河流
很多的雨水，都顺着林立的树干
直接注入灵魂的根部

神明的上帝可曾知道
泪水中长大的世界，眼底里
还会有一种眼前和遥远的混合物
在暴雨刚停时，一串急匆匆的脚步
蹚过地上的污泥和寂静的水洼
那倒影，多次跌倒
最后还是拖着泥泞向前

站在一棵白杨树下

我站在一棵白杨树下
用胸膛贴着树干
伸开双臂　攀着枝丫
越来越紧　越来越高

直到我在白杨树里

蓦然睁开双眼

直到世界从我的肩头滑落

当一阵风从头顶吹过

白杨树已经退至远处的山坡

我的双手禁不住

还在树叶之间不停地拍打……

远的，近的

月亮的远

远在不断延伸的海岸线

若不是我通宵不眠

写它的明眸皓齿和顾盼

它不会在纸页上

湿润行行字迹

雨水的远

远在天河缥缈的烟波

若不是我赤足涉水深处

将梦影沉入层层涟漪

它不会挪着碎步

莅临我的荷塘

月亮之上，雨水之下

那些长翅膀的叶子

那些相思和梦寐

摇曳不定，若即若离

现实也变得模棱两可
依稀隐约
虽然它们很远
但它们有时也很近
甚至伸手即得
就像我们向南的窗棂
和书桌上的古铜镜
指肚的轻轻擦拭
就露出一片葱郁的山林

情　调

不管有多少颜色
都是本色
不管多少厄运和苦难
都只有一滴眼泪

我不说漫长和短暂
不说繁华和沉寂
一只蝴蝶的翅膀下面
覆盖着我完整的一生

设　想

设想有一只鸟儿
从树上蹦下来
落在一块荒芜的石头上

设想它停在石头啁啾地歌唱
把自己、树木和石头
歌唱在辽阔的空中

设想石头这时生出两只翅膀
激动，却又迟钝
在树和鸟之间飞翔
就像被芬芳和甘露击中的蜜蜂
石头因为内心的战栗而狂命突奔
很久很久　无影无踪

设想石头再次飞回树旁
树木俯身　把鸟儿歌唱

内　部

内部是一泓禁闭的湖泊

村庄、池塘，以及它们冷清的
夕阳。夜晚的无眠
孤单的城市，在梦境流浪的人群
这些都在湖泊之外
尽管它们，也从水面掠过

而我深陷湖泊之中
无数细小的水流
在禁闭的水流中摇荡
黑天鹅从湖泊里伸出长长的颈项

蚂 蚁

与泥尘保持着平行的蚂蚁
两眼糊满了沙土的蚂蚁
雷雨来临时，它发呆
用柔弱的触角
紧紧地抵着岩壁

它在大地上支起细长的腿脚
阳光在那里留下缝隙
依然的隔岸灯火
一样的天凉深秋
那坚利的牙齿
咔嚓咔嚓，嚼着沙子

旧 事

这是一棵泛青的水草
它把整个夜晚
揉碎在鲜美的叶子里

一些细微的声响
十分清脆地回旋在风中
把星星托出水面

有芦苇，有水鸟，有渔火
他们在一起沉默
一棵水草与一江烟波

雨　夜

白昼和灯光都被浇灭
喧嚣黏附在墙壁
浮躁下沉，漫天的雨声
变得跟《圣经》一样纯粹
这猛烈的雨点，越过故乡
从童年的那些山坡上
从一眼望不到边的庄稼地
下到陌生的城市里

雨水顺着树干向下流淌
渗透着无法猜透的神秘旨意
深夜的时光帷幕下
有庞杂的声音掩护着大河奔腾
雨点敲击着屋顶和键盘
清晰地击打在单薄的脊背上
雨在外面下着
淋湿了我在灯下的无眠

这夜雨成了冥思的引魂幡
本要从世界舍弃自己，无形放逐
却又被什么驱使，或者遣返
在通向城外的无名小路上
一个影子披着黑色雨衣
随风晃动，却又倾身向前

大地上的灯火

寒冬深夜，偏僻山野里
有零星而孤单的灯火
像是萤火虫在赶路，或者摸索
当一阵冷风吹来，灯火远远地颤抖
如同夜空中坠落在草丛的星星
无奈的伤悲尖锐地扎向大地

这是一束微弱的光芒
它有门窗，有炉火，还有呼呼风声
如雷的鼾声里，有着香甜
说话间，又透出些许莫名的哀叹
我悄然后退返回，如同慢慢合上书本
雾气下沉，露水凝结。当我走过时
那身后镶嵌在大地深处的生活
在晚风中陷得更深

雨，还是下了

云雾与山川密谋时
人们的脸色也都跟着变了
一会儿看天
一会儿看自己的屋顶

到一定的时候
人们自己也不知道，这雨
是下好，还是不下好
几团乌云穿插布阵，盘旋头顶

深夜时分，大雨滂沱
就像人们预想的那样
有些事情，迟早都会来临
这等同于灵魂的决口

这下，让我们来清点现场
有人在淹没的故土上哭泣
有人因泅渡而冒着水泡
有人用雨水冲刷记忆
还有人用雷电之剑刺穿悲伤

手的弹奏（组诗）

归　宿

我整日劳作，在时光的暗处
在荒郊野外，独自地
用遗弃无光的盔甲
建造房屋，用我遥不可及的理想
开启道路。这道路漫长
它耗尽了朝露和晚霞
它用深奥的秘密，消耗梦境
看吧，时间再次将我抛起
掷向空中，那些幽深的回忆
不明的未来，那些温柔的暴力
也正在将我消减。我必须在此之前
迅速脱身，带着我的铁器和布袋，
披着灰烬，穿过闹市和山水
静静地，居住在你的骨头里

天　使

有时她是深黑的
看不见的翅膀
移动着两支相隔太远的蜡烛

有时她是浅蓝的
她眼角的泪水
溅落在我忧伤的鞋帮

这是我看见的天使
她总是在匆匆的人群之中降临
将什么驱赶　在她到来之时

手的弹奏

一只手在桌上做梦
一只手在空中挥舞

一只手笼罩着星光
一只手练习着歌唱

一只手沾着温热的海水
一只手缀满坚硬的冰雪

一只手接触着另一只手
两只手紧紧相握

阳光穿过山谷和屋顶
从海底生长起红色的塔楼

序　诗

我终于回到家里
疲惫的灵魂
躺在宽大的床板上
可我的鞋子
还在路上流浪
一脚在草丛
一脚在泥泞

我到底不是鹰
也无法成为游鱼
我只能背负肉体
行走大地
挟着风雷，手握冰刀
居住在诗里

岁　月

我们一杯接一杯
珍藏岁月
一笔接一笔
修改故事　一步接一步
延伸着未知的道路……

天穹的额际
覆盖着墨绿色的苔藓
如一座怀古的碑

写满了 星星
灿烂的颂词……

关于我们

我们是逝去的昨天
我们是将要到来的未来
我们是一个大的群落
我们是群落中的一个

我们是冬雪之夜
行人擎起的火把
我们是春光明媚的山峰
向登山者飘扬的旗帜
我们是所有人
共同瞩望的眼睛

我们是青春一族
我们用血肉祭奠真理
以脚步为事实
以手臂为旗语

谜

他从座椅上站起来，飞翔在空中
他通体透亮，却又是漆黑一团
就在刚才，再一次与你擦肩而过

他把雨点抱在怀里
可能是黎明，或者白布裹着的尸体
他严实的双手围拢着生命

有人说他在地狱，有人说他就在天堂
他顺着一缕光亮而来
宽大的背膀正是暮色黄昏

他蜷缩在你的眼底里
用利箭指着你
他无处不在，他不置一词

开　始

如果从黑夜开始
那就回到黑夜
生活在黑夜的背面

如果从清晨开始
那就回到清晨
这里血液黏稠
那里是太阳的潮湿

如果从现在开始
却只能回到将来
一路上，我们不断地
将肉体向灵魂转移

干　杯

干杯，朋友
为了你左边的手，和我右边的手
为了你的杯子和我的杯子

我们将杯子举到空中
为了这柠檬汁的长途旅行
和这葡萄酒里盛大的秋天
让我们围着这个雨天坐下来
为了你我的眼睛，眼睛里的你我
为了我们相互掸去的灰尘

干掉这一杯吧，朋友
为我们散发着光线的臂弯、颈脖
和我们余下的沉默

存在的味道

夕阳带着余温
将我的影子投射在河对岸
向山坡上延伸
就像一张纸被折叠
沿着山谷成为一本书

我看着，直到发呆
冷不丁地想起早已去世的外婆

这是深秋
露水和冰霜开始降临
影子蜷缩着在地上战栗
此时，我的舌头上
泛起一股浓烈的
无法咽下的存在的味道

在安康东大街阅读吧读书

闪身进来，自动门立即关闭
让风声都卡在那儿
还有身后紧追不放的影子
和旋涡。不用想，坚决不回头

靠近书架　成排的书本里
飞出蜜蜂、蝴蝶和金翅小虫
我一时恍惚了，任由那
草原和花朵持续蔓延
故乡及童年，落在远处的城堡上

尘埃，正在瀑布般向大地倾泻
细小的瞬间，变得宏大
多想在一本深奥的哲学书里
泛起大海，像青草一样
倒伏于风中，突显苦难的明亮

我坐向窗边，用反光打开书本
东大街的人群和车流
穿梭于生活和命运的缝隙
梧桐树的疏影，摇曳着寂静
阳光俯身，鸟儿凝眸
汉江上的载重货船，驶过急流险滩

火车驶过汉江大桥（外一首）

我一整天
都坐在山坡的一块石头上
看没有翅膀的火车穿行于汉江大桥
在秋天的阳光下，伴着落叶
独自静默，宛如蔓延的宗教
听火车的鸣笛，由远而近的轰响
与心里的某块金属契合
在秘密的远处无声地弹奏

这时，火车倏地从洞口冲出
餐风宿露的容颜
散发着油漆和锈迹的气息
以及远方的神秘味道
一节一节的车厢
就像我们一截一截的肉身
或者一截一截的骨头
与迎面而来的世界形成了巨大的风

就这样为火车的来往着迷
为火车通过高高的汉江大桥而沉醉
这通体透亮的火车
就像月光宝盒，诱人而伤感
多年前的我，也在山坡上守望

怎么都不肯离开或退却
现在，我在小城的房间里度日
我的火车，这个发光体
带着与我有关或无关的时光和命运
昼夜不息，狂命飞奔

月亮就要圆了

是的，月亮就要圆了
岸边的水草布满露珠
它已经知道江水正猛涨秋潮
一列长途奔突的火车
穿过站台，留下静寂的路牌
这些可见和不可见的事物
堆积成月亮内心的苍茫

忧戚和伤悲无法掩饰
它看见山坡后面自己的清辉
但阴影依然厚重
比如黑的坟地，吊下水桶的老井
以及夜深人静的末路归途
月亮就要圆了
月亮的背面，也有窗户

火车在梦里跑来跑去

睡梦里，总有拖得很长的火车
跑来跑去。墨绿色的，棕褐色的
还有像燃烧的朱红色的
它们呼啸着穿过故乡和山洞
轰鸣在高悬的桥梁上
有时，它们在平行的轨道上
相向而行。有时它们
在两条轨道上相对
我被夹在中间，疾风凌厉

此刻，同时在梦里跑来跑去的
还有山坡草丛中的羊群
启蒙学校操场上追逐的伙伴
以及在田地喘着粗气的父辈乡亲
他们有的在我面前跑去又跑回
在木质楼板上踩得咚咚响
他们有的在一阵大风中跑远
就再没回来，夜晚空荡
于是，我疯跑着遍地寻找
半夜醒来，泪眼蒙眬
火车已把整个世界倒运一空

守望春天

伫立窗前，守望
守望一个讯息、一个人
或者一件心急如焚的物品
守望着，三缄其口
或缘于城市的宏大
和乡村的广阔。无从言说
就任鸟飞屋檐，蝶翔草丛
人与世界风云际会
直到冰河在岩隙溃堤
直到春风昼夜兼程

总有人群在严寒中逆风前行
总有车辆在寂静中呼啸
桃花也不管房前屋后
说开，是要开的
油菜花无论庭院墙角
想停，也停不下来
内心的孤寂，渐次松开
枝头慢慢逼近禁闭的窗口
一切都在透露一个消息
春天所至，阳光汹涌

你看那天边，有一颗灰暗的星星

黄昏是一种仪式
山川和河流，裹挟其中
天空的抗拒是无用的
一颗星星在灰暗的山上
孤立着，脸色苍白

黄昏跨过断桥，腾起尘土
此刻，你看那颗星星多么灰暗
整个大地也无法将它照亮
但它一定看到我的凭栏孤单了
顺着灯火，它向我走来

于是我迎面走过去
向着星星的底部，走到最暗处
那里有夕阳和湖面
也有屋脊和雷电
透过门缝外的微光处
尘地中晃动着杂沓的脚步

生活症候

寒流乍到，冷风再起
我穿棉衣、戴帽子、系围巾
在火炉边咳嗽打喷嚏
窗外人声嘈杂
掩盖了高速公路和铁路桥上
尖厉的呼啸
这阵的头疼脑热
把一切世事都混沌成了市井小说
不乏伤痛，也不乏温暖

持续低烧，头皮发麻
骨头里的水分被生硬榨干
在偶尔的亢奋里
却陷于无端的犹豫不决
我知道这庸常日子
伸手穿衣，张口吃饭
诗歌在书架上安静排列
但亦冷亦热、亦生亦死的表征
正是典型的生活症候

是地上雪，也是瓦上霜（组诗）

灯下读书

打开灯光
黑夜的宽大瀑布倾泻而下

刚一翻开书页
世界就被厚重的棺木盖定

我不要干粮和行囊
只身穿过文字和故土，远走他乡

在思想陡立的绝壁处
我的前额被碰得头破血流

当文字站起身来
我面临深渊，根本无路可逃

转身时，又现空茫和虚无
这就是一块纠缠不放的大石头

灯火忽闪摇曳
仿佛有什么天机密语要说出

多么需要上帝的暗示
但门窗紧闭，雕像都是三缄其口

面对面的静寂。不是我在逼迫石头
就是石头在追问我

是地上雪，也是瓦上霜

这场雪如同三年前的那一场
那时老唐他五十二岁
坍塌的矿井，和一个黄昏
一起砸在他的双腿上
为了保命他选择锯掉双腿
孤独一人，回到了山间小屋

积雪已经堆至大门的门槛
他无力下床清扫
但他还惦记着山梁那边的老王
那是他在矿井的同伴
老王的儿子在那次坍塌中
被一块巨石砸中
这好比他家老屋被砸下一个大窟窿
房顶已无法修补
老王的心口疼痛也无药可治
石瓦上的霜
直接凝结在了他的床沿上

一夜北风呼啸之后

老唐用他门前的雪，想着老王的
瓦上霜。接下来又是一场更大的冰雪
老王挪动身子，用自己的瓦上霜
想着老唐的门前雪
这就像两棵彼此熟悉的核桃树
仿佛多年前
它们就在屋后的山坳口
树根连着树根，枝丫搭着枝丫

春天是一场瘟疫

春天是一场瘟疫
桃花犯冲，玉兰憔悴
梨花脾胃虚弱
李花感时伤怀
油菜花在人山人海里
患上了无药可治的离愁别绪

我也在劫难逃
一身的典型症候
对平常的日子执迷不悟
葬花，焚诗，毁画
用刀子捅心事
待我无力地从桃林里爬出
花香遍地
世界澄明在一汪雨水里

忙碌

一年里，我一直很忙
给朋友的电话里，说忙
在大街上走着，也是脚步匆匆
忙于形而上与形而下的纠缠
忙于上下班，蝇营狗苟的生计
忙于几欲回老屋
看望高堂双亲的准备
忙于日复一日的慵懒
和无关痛痒的慨叹

像蚂蚁一样的忙碌
像蚯蚓一样的忙碌
还像麻雀一样的忙碌

忙着身前的顾盼
还忙着身后的流连

温热的草籽

——与叶松铖、犁航一同登山游玩

12月30日，一个大晴天
我们三人锁了门，走出县城

我们走在一座大桥上

叫喊着抖落身上的灰尘

低着头，猫着腰
绕过荆棘和农家的屋檐

穿过陈年的水窖和菜畦
风之手轻轻抚着坟地

快上山顶的时候
一些鸟儿依稀叫出了我们

阳光与我们在密林相遇
野菊花，枯草，松针，彼此叫醒

回望我们的栖居地
就像蚂蚁凝望着洞口的泥堆

那一点点吝啬的人生
只一抬头，就尽收眼底

我们都很张狂
却又把山的耳朵拉长了私语

远处雪峰闪着光
我们身旁已然长出了新的树枝

傍晚，各自回到家里
我还从衣袋里摸出了一粒草籽

又下雨了

下雨了，又下雨了
就如今天，好似很久以前
敲打着空旷的屋顶
在我的记忆里
一直往前，淋湿昨天的瓦片

下雨了，又下雨了
下在荒芜的路途
雨水流经我的肩背和胸膛
我怀抱木琴
世界已是一片汪洋

城市建筑工人

在时间和空间的夹缝里
手和脚沿着
自己的身体攀缘
他们从高楼空洞的窗口
看见了高脚酒杯和家信

混凝土涌流的暮色、黎明
在血液里轰响
钢铁的声音传唱肉体的名字
天空盛大的葵花
向他们低垂下了金属的花瓣

瑜　伽

将十指交叉，搭在羽毛上
慢慢伸向远处的海和湖
把自己的呼吸送到那里
停顿，再慢慢地
取回双手，沿着去时的路
将那里的树枝一一收回

将手腕翻转，向外
举过头顶，同时闭上眼睛
赤裸裸地让风把你包围
你将自己喜欢的事物
比如橙子、发梳和钻石
置于气息上，安静地站立

然后，你将它们从气息中呼出
把海水和湖泊放下，将自己的内心
一一逐出，把自己轻轻放倒
就像树一样，在地上躺下
让火焰和沙子把你抬走

两 个 字

这是宿命的两个字
两个词,两个纠缠的句子
因为隐忍的角力
它们撕咬着自身的肺腑

就像是两棵树
一棵在社区的巷道里
闪着橘红色烛光
一棵在山坡坟地北侧
与夕阳和晚风站在一起

一棵离我很近
就在笔端晃动,发出声响
一棵离我很远
满眼沙尘云雾,山重水复

我无法预知,我被指使
我不知道我能写出什么
但两棵树的间距
在我的诗句里形成了摩擦力

春天，穿过大地的芬芳

最后一片雪花尚在火炉中飞舞
山野的春花就拱破冻土，笑看北风
这早已经预料到的事情
但谁也不能漠然坐视、泰然处之
就是几朵花、几只蜂蝶
让世界害了相思，细雨纷纷

早起的人，唤来成群的喜鹊和画眉
文人墨客在高处吟哦抒怀
路人醺醉在树下，呓语芬芳
怀旧之人手里陈年的枯枝
不经意间，长满了陌生而新鲜的叶子
临行前的游子，伫立在山坡
把乡愁深埋进向阳的泥土

一声闷雷，阳光从云端倾泻涌入
无数小路将道路的尽头贯通
汉江春潮滚滚，由西向东
反着光的列车穿过一座座村庄
从南疆开往北国，旗语猎猎
一路高山流水，鸟语花香

两块并排的石头

我的心里并排着两块石头
我的血液在打磨它们的棱角
它们一块是黑夜　一块是白昼
黑夜的星空和白昼的海洋
那不同的光芒把我照亮

我的心里并排着两棵树
它们在我的头脑中生长
一棵为我哭泣　一棵为我歌唱
那么严整而端庄地站立
承受着我七月的疾风暴雨

我的心里并排着两条河流
它们的浪涛要把我淹没
又在把我向上举托
一条向前　一条向后
像两架风琴在合奏
含混的乐音
歌唱它们中间奔涌的激流

我要说的是——

我说的是一只落单的蜂鸟
因为它是我心里飞出的一根骨头
我说的是一块沉默的石头
因为它承受了夜晚冰凉的雨水
我说的是长满苜蓿的草地
因为它愿意开出极为细碎的花朵
我说的是一条干涸的河流
因为它曾经涌动的无形旋涡

我要说的，是它们无时无刻地
对我的盯防，它们的咬牙切齿
它们的对抗和白日梦
很多时候，它们无处诉说孤单和伤痛
我要说的是，它们时常出没于
我的梦里。有时手持尖刀
有时影子直立，惊恐而新奇
然后它们自然而然地，在我心底
引发奇妙而混杂的声响……

我们的春天

踏着空山滑翔的鸟音
和暗红忧怨的落花
我们与春天的叶脉同行
山道落英缤纷
飘散着掩埋泥尘
松林里的松果沉静
却又像是回荡着
我们歌唱的合声
一切沉寂中的天籁
如同撞碎在礁石上的
浪花　那春光
透过云翳和密闭的树叶
荡漾在手掌之中
向远方铺平了道路
穿过峡谷　穿过灌木丛林
更遥远的山峰
向我们举起了红色的旗帜
蒙上了我们
瞩望的眼睛

一只蜗牛的早晨

早晨，一只带着露水的蜗牛
爬行在鱼肚白的墙上
它身上的新鲜泥土，让人想到
昨夜的梦，想到死亡
想到新的一天，这样想着
仿佛尘世混淆着天堂

它执拗地扛着新房子
顺着墙沿，姿态谦逊而卑微
触角禁不住颤抖，神秘地
接收不为人知的讯息
那缓慢的爬行让我好担心
庄重肃穆，一丝不苟，像是分娩
我清晰地看到，它眼里的沉静
和无须言说的孑然一身

最后，蜗牛也看到了我
在这个早晨，证明着我的活着
在相望的那一刻，我和蜗牛
相互对视，彼此沉默
这持续的情状，无以言表和描述
晨光也一样的惊讶
这惊讶不容分辩，这一刻深信不疑

我的诗里有把斧头……

我的诗里　有一匹黑色的骏马
扬着密密的鬃毛　腾着不安的四蹄
沿着夕阳清冷的古街
嗒、嗒、嗒　穿过灯光和村庄
把我带到松木篝火的草原

我的诗里　有一间玲珑的寓所
风做的门　雨做的窗
面向着群山的宽阔出口
疲惫的灵魂悄然入睡
风雨击打　我长满森林的胸膛

我的诗里　有一把合金的斧头
轻盈而玲珑　闪着利刃的白光
频频出击　所向披靡
也许会砍倒自己
但不将世界砍伤

秋　意

在一条布满落叶的道路上
枯草指引着方向
汽车的呼啸和人流喧闹
震动了田野和树木
我们弯着腰
紧挨大地移动脚步

拨开野花和枯草继续向前
虫子和鸟雀列着安静的队形
望着远山的斑斓
心里长出了串串金黄的橡栗
这一点点响动
从湖水深处传来回音
如一阵风过
我们迅速越过了山重水复
在一片丛林里屏住呼吸
然后齐声呐喊
我们想在下午四点钟的太阳下
唤醒秋天的狮子
露出它白色的牙齿

时间，哗哗地落下叶子

用铅笔描摹，用油彩涂抹
都无法捕捉到它
说它时，它就坐在你的对面
泰山压顶，也无影无形

在清晨鸟儿啼叫的时刻
我在绿色的露珠里
看到它的纺锤形
在午夜梦境的微光中
它是一丛长在低处
无法采摘的透明的苔花

而有时，当我跟它四目相对
心有灵犀，我无须歌唱
它则扭动腰肢
哗哗地落下遍地的叶子
和一些战栗的诗句

趴在地上，看一条蚯蚓

我越过自己的家门
和门前的马路
在一块空地上蹲下来
我听到了蚯蚓在泥土里掘进的声音

我学着蚯蚓的样子
趴在地上
它的呼吸在我的呼吸里

它每掘进一点
我都把头埋得更低一些
我的前额磕着了石头

秋天的沙子抽打着树叶
树叶落了　它就抽打我的肩背
蚯蚓它仍然埋头掘进

我与蚯蚓相距很近
蚯蚓为我亮着头颅
仿佛蚯蚓照见了我的生活

那　时

那时，我总坐在小木凳上
或者倚着窗台
用雨水浇灭的火堆
想象天上明灭的星宿
因为神秘和恐惧
我无休止地战栗

后来，我来到山崖
骑着岩石、坐在树杈上
面对一些宏大和渺小
指指点点，感慨万千
写那些赞美诗
尽管大而无当，不痛不痒

而现在，我必须站在泥土上
必须蹲下身来
甚至小心地趴在地上
轻轻地，凑近一株狗尾巴草
我要用一个下午
听它讲述低矮的人生

盲　人

扶着白昼虚无的墙壁
摸索黑暗的事物

穿过大街，绕过电杆和水沟
走到拥堵的十字路口

红绿灯睁大了眼睛
整个城市，也放慢了脚步

尽管白昼，只是黑夜的另一个名字
但他内心的光，足可照亮他的拐杖

我停了下来，等他走近
走近，与我并肩，慢慢错过

瞬间里，太阳突然暗淡
我走在他身后，他的拐杖在我手里

我没想这就是幸福

我没想这就是幸福
但我就是想
顺着这炉火的温度
顺着房间里轻薄的宁静
以及《宋词三百首》的页码
向前滑行
向远处飘移
向虚无处轻飞……

我穿过冬日的旷野
穿过积雪掩埋的花园小径
牵着你的手
侧身于梦境的门扉和巷道
烧焦的果皮飘来时光的芬芳
回忆在坚果里萦绕
一路向前
向温柔的深处缓缓沉溺……

这时似乎有人想说什么
请不要声张
这莫名的浅淡时光
已经抱紧了我
在被淹没和沉陷时
蜗牛露出了柔软的触角

两片秋叶

从凌空的树梢上
先落下一片
然后再落下另一片
两两相对
合拢山谷
寂静一直通向山林

我顺着小径
来到它们中间
相拥，密谈
无边的萧萧落木
将秋天和往事
指向人生

当我沉醉的时候
就在靠左的
那片完整的秋叶上入眠
当我醒来时
则紧紧抓住
靠右正在凋零的那一片

接　住——

北方用落叶的森林
伸过来，刺向天空
空荡的枝头，请你接住它的冰雪

生活，它在隐暗处，嘴唇闪光
我们的背后，夜色温柔
请你用额头接住它的刀子和箭镞

燃烧的时间火焰
也请你接住，它抛来的灰烬
你要用指肚和头发重新点燃

接住午夜星星中断的梦
这也许是宿命
黎明时分，请你接住它的陨落

接住沉默的按钮
这来自内部的寂静，将接住你
扔出去很久很久的石头

我们的那棵树（组诗）

天空，是一棵大树

天空，是一棵球状的蓝色大树
我们就像一粒一粒花生
被这棵大树的根穿着串
泥土迷糊着眼睛
不用担心，打断骨头连着筋

我们试着昂起头来张望
大树体恤我们
从我们身体里长出树枝和叶子
引导着我们的手伸向树冠
顺着睡眠向着月亮攀缘
胸膛上的鸟儿
一声呼啸，在树上自由翻飞

大树看着我们的日夜劳作
把歌声播放在云端
累了，我们就盘腿坐在树根上
听风中树的叹息
有时树也会把我们抛起
然后像石子一样落下

我们看着这棵大树
看得越久，我们越能沉住气
即使死在树下
我们的粗鄙和沉重
也都会顺着树干向上
成为天上空蒙而轻盈的星星

我们的那棵树

树干搅动风雨，枝叶裹挟昼夜
一路叫喊，一路吟唱
一棵大树带着它的朦胧年代
今天的时代广场
带着它混沌不清的记事
置身于陌生的疆域
时间的叶子
时间的泥土和花蕾，反射着
大海里盐石的白色磷火
黄金一样，树身也灼灼闪耀
一棵高大的树木，以及它的反光
是我们手掌里
一尊今天的细小雕像

是千万年的阳光
还是千万年的雷电、冰雹
构成了树的不朽骨骼
一手把宁静的天空建造
一手把喧嚣的大地触摸

编织了千万年
依然没有丝帛的遮掩
每日每夜的风，一明一暗的光线刀
剥尽了树的衣衫
赤裸和伤痕，守望和呻吟
囚禁在它的体内，暗自生长

在我们共同的山冈上
在我们亲手修建的田畴里
一棵大树，探出它的双肩
在夕阳与灯盏之间
在午夜与睡眠之间
嗫嚅着的嘴唇说着什么
在不断的消逝与重现之间
在你和我之间
一棵树
把它的过去和我们的未来
叠在一起，在一个漫长的世纪里

太阳燃尽多少云翳
天庭再次响起音乐之声
大树像海底的水草飘摇晃荡
站在原地，那么猛烈的舞蹈
把白云和星汉分布
把岩石和大路排列
把雨点播洒，把头颅镌雕
在劳动和孤独之间
在石床和梦想之间
呢喃着我们彼此的姓名

在一阵暴风雨之后

在一片静默之中

树已把一切物体铸造成形

向我们喷薄，一棵大树

长在错落的星空下

望着海岬，连接着褐色的山丘

谁的褴褛衣衫，谁的杂沓脚步

黎明，黄昏，和它们遥远的缠斗

树，我们的那棵树

站在那块寂寞的空地上

做着永无止境的回答

面对那永无止境的提问

它站在夜晚失眠的长长的灯光里

站在我思想的血液中……

对于一棵树

对于一棵树

我们需要把它抱得更紧

紧紧地抱着它

连它的风，鸟巢

连它的繁茂和无言的苦痛

抱在怀里，融入骨头

对于一棵树

也许更适合将它剥开

剥开树皮和树干

露出它的年轮，然后住进去

我们听它的雷，喝它的露水
数陨落的星星，和它一起
闪着隐约的电光

当然
我们也可以把树推向更远
让它回到山上、路旁和池塘
或者淹没在林子里
或者继续它的自由自在的孤单
我们用惯常的漠然，锋利的斧子
逼迫，将它们赶到视线之外
不再看见

其实，对于一棵树
最好只是远远地注视着它
由它远，由它近，由它向上
由它向下，它的枝头盖过屋脊
它落下的果子敲打着瓦片
它接过天上的雨水，又重新倾泻而下

我的诗句铺就了我的出路

怎么都猜不透黑夜
铁一般的心事
在镜子里看了看自己
再看看夜的容颜
依然看不清
一江河的水，满天的星
在一个陶罐里秘制
一缕青烟，若有若无

那么，我就拧亮灯盏
在一隅之光里守你
无论你是凡·高的向日葵
还是莫奈的池塘睡莲
以及蒙克的呐喊
而我一点点地陷入影子
与你胶着在一起

空气在密谋，声响在摩擦
暗暗地较量着什么
仿佛一场时远时近的无形战斗
但书本上的文字和标点
游丝浮动，曲径通幽
我的诗句铺就了我的出路

还　原

通过软的黏土
和白亮亮的雨水
看见石头
通过石头与石头的敲击、打磨
和用手的抚摸
还原石头

通过深埋、抛起
和久久的静默的注视
以及匍匐其上的聆听
甚至它通过流血的伤口
进入石头内部……

我们以这种方式还原石头
还原石头的质地、本性
和石头周围的事物
它该在旷野的，就不去开掘
能用斧子砍的，坚决不用刀雕刻
不在它粗糙的表面刻意涂抹
直到我们说，石头
就是石头，只是石头

练习生活（组诗）

惊　奇

我们惊奇于这个世界的残酷

它给我们千万条道路
可我们只能走其中一条
它给我们无际的大海
可它又狂浪深藏
它让我们做着各种美梦
可我们只能拥有一个现实

我们惊奇于这个世界的莫测
当我走进自己的领地
开始了生活
世界　它在隐暗处
干着什么

生活有感

生活　是一尊
无言的雕像
它身上层层轻纱

掩盖着无尽的话语
我们跪拜在它的膝下
以花朵掩埋泪滴
每揭开一层轻纱
就有一个新的面容
失败是轻纱
爱情是轻纱
死亡是轻纱……

夕　阳

即将消逝的夕阳
请稍驻你的脚步
我疲惫的灵魂
也该停留
让我默念一遍
这稍纵即逝的一刻
我要轻轻地
走进水塘
弯下腰
把那片林光山色
印上梦的手掌

人　生

人生　是一桶
永远渴望装满
却又不敢装满的水

人生　也是一只
可以装许多东西
却时常连一件东西
也无法装进去的
干瘪的布袋

生活之树

如果　世界是一棵树
一棵不老的大树
那么　生活
就是背面泛着白光的叶片
阵阵轻风吹来
就像高空而下的
羽毛　悄然地
双脚落地时
发出轻微的声响

意念之花（组诗）

停　顿

当我停下手中
所做的事情
世界也随即
停下来
两棵紧密相依的白杨
侧过身子
让一列火车　静静地
通过桥梁

禅　思

当我站立
我的血液里长出一棵橡树
一阵风过
橡子叭叭落地

当我躺下
我的身体里填满了一堆石头
在我入睡时
蚂蚁已将我搬到别处

长　与　短

这个夜晚过于短暂
鸟儿身上瞬时长满了锈迹
白昼也在海洋上片刻荒芜

这个夜晚过于漫长
一个意念雏形被悬空
一滴水珠被无限地拉长
好久都不能落下

这个夜晚
木鱼自己不紧不慢地敲打

静　谧

——题陈梅摄影作品《静谧》

只需一刹那，就是静默
你，将尘世的根
扎在了灵魂的水波
就像风充满了翅膀
就像花朵漫溢芬芳
小小树林
在洁白和纯净中呼吸
记忆的曲线，倒影一样
延伸到亘古和无垠

我知道，你一直在那里
像一滴雨点，或一缕轻风
用睫毛触动着世界
看吧，战栗的波纹正在散开
但转瞬间
你又在我的掌心无影无踪

雪　花

雪花降临的时候
树枝的火苗还在闪耀
有什么在逐渐熄灭
有什么在悄然燃烧

我正随雪花而来
又随着火苗而去

觉　悟

磨砖成镜
照见砖

丛林的影子
遮住了丛林

我看见镜子
世界已经转身

坐下来听它们说

我正襟危坐，听它们说——

栗树招着风
说大地深处难以听到的
细微声响
水杉垂下针叶
说火苗隐藏的美丽形状
橡树，说松鼠毛茸茸的长尾巴
松树，说有密密小孔的蜂房

它们说着不相关的事情
其实，它们说的全是自己
七嘴八舌，高谈阔论
它们说的也不全是自己
它们也说了我想说的：
一只充满了阳光的透明的笼子
和它里面的寂静

当白昼撤退的时候（组诗）

将两只手搭在一起

我把两只手搭在一起……

两棵树就在云里紧挨了
两条河流就在丛林里交汇了
两朵花也就云影层叠了
于是
两只舌头也交换灵魂了

后来两只鸟儿
在同一滴血液里筑巢了……

歌　声

——致鲁契亚诺·帕瓦罗蒂

在你引领着向上的方尖塔顶端
在你震荡着弥散开的胸腔里面
有一股气息，或者一个声音
让鸟儿飞翔，那鸟儿根本没有翅膀
让灵魂奔跑，那灵魂从来没有腿脚

树木也横空而出，那树木下面坠着石头
鱼儿则安详如睡，那鱼儿的血里喷涌着海洋

坟墓上的芦苇随风摇曳
教堂里的朗诵迎着风雪
光线还停滞在树根里
而黎明还是通过黑夜本身
看到黎明的眼睛
向上，向上，从天堂坠下来
连着心灵的肉体的绳索

这是一双同时抚摸着森林和额头的大手
它的触摸使消逝的冰雪也获得永生
在他由梦境建造的穹隆的沐浴下
与大地垂直，与大海平行
一个人的两条曲线在他的颤音里交会

这是一个经久沉睡的世界
我们在他的高音区醒来
那是一个不可捉摸的瞬间
仿佛在死亡之后
或者出世之前的多少年
我们来自一个透明的音符
而在那打开的歌声里越走越远……

当白昼撤退的时候

当漫长的白昼
摧倒最后一片丛林

我看见一匹黑色的骏马
从天空的石板上疾驰而过
就在骏马消失的地方
一只巨大的手掌抚摸过来
让我沉静入睡
在睡眠中
一枝芦苇吹奏着另一枝芦苇

雨　水

一滴雨哭了
它在云朵里任性地哭
哭得张扬而放肆
在风干的眼睛里哭
它哭得含蓄而隐忍
它趴在草叶上哭
哭出一片泽国，芳草萋萋

它的泪水在雷电中滂沱
满天的云彩都哭了
将大地哭成一片泥泞
将树林子哭得稀里哗啦

当一滴雨停止了哭泣
那深邃的目光里
是一个人孤独的欢欣
以及全世界的寂静和透明

春天的鸟儿

一只鸟，浮在一条河上
它的爪子缀着雪粒和冰凌
它昂着头，张开小嘴
肉体的风暴掀起它的羽毛

一只鸟的体内，奔涌着一条河
在平缓的山坡上
在交错的枝丫间
一只鸟，猛烈地扇动翅膀

很多的鸟儿，聚集而来
在一片丛林里，头挨着头
千万只鸟儿在里面密谈
还有一只鸟儿在外面大声叫喊

看见蚂蚁

舔舔嘴唇，磨着牙齿
昂着头，喝天上的雨水
啃吞滚滚而去的雷声
我一低头，噢
黑压压的，蚂蚁的背影
它们深挖洞，广积粮
在土炕上相爱产仔
它们的孤独没有泪腺

围着毛毛虫，跳着桑巴
透过树叶的孔隙
我看见蚂蚁把幸福绑在腿上

能 不 能

黎明过后，清晨时分
美人蕉在公园里的倒影
能不能再长一些
只需再长一点
就跨过了那道灰色的围墙

正午的声音，从高空下落
在草丛，在洞穴
能不能蹲得再低一些
只需那么一点儿
所有的风都能听到自己的呼啸

远处的湖泊
能不能再深一些
只需再深一点
就能容下岸边的树
那树的浓荫
就留住了匆匆而过的脚步

流　浪　狗

黄昏时，成群聚集的流浪狗
突然在我面前停了下来
不再追逐和撕扯，愣在那儿
一排发绿的眼睛
像黑夜的手电筒一样
一明一灭，直直地照射着我
是要逼着我说什么

它们在城区边缘的路口
浑身的泥土和草屑
明确的饥饿，流血的伤痛
它们似乎在对我说什么
它们会说些什么呢
狗与狗，彼此对视了一下
又呆滞地望着我

我要转身赶路回家
它们就怯怯地挪动脚步
但不敢跟着我走
不像儿时故乡村子里
那些亲戚家的狗和邻居家的狗
我只一声口哨或吆喝
它们就撒着欢儿
整齐地跟在我的身后

北风吹过山冈

山冈上的一棵橡树
与长驱直入的北风纠缠
一夜之后，山垭口的
橡树定型为北风的雕塑

梦的夜晚里，风雪交加
橡树发出叫喊声
枝条击打枝条，伤痕累累
橡树叶子，落地成冢

一棵树的孤独战斗
持续着一种临界的焦灼
北风终于无奈地叹息
它放过橡树，越过了山冈

橡树站进我的梦境里
恢复平静。迅速赶来的北风
路过时，发出了尖厉的声音
掀翻了我的屋顶
这是它对那棵橡树的呼喊

一棵树在月夜里梦游

顺着太阳椭圆形的光点
我滑落到幽禁的黑夜
唯一的绳索，被光线抽走
也没有了最后的纸和笔
只能铺开薄薄的沙土

我先写，越来越远的哭声
它们漂浮在河面上
被强大的水声，压制下去
再写那越来越近的哮喘和呻吟
它们从矿洞底里冒出来
就像风寒，极易流传感染

这样写着，夜色下沉
文字同晚风一样轻飘
一棵树独自从树林里走出
在月夜里移动，游离
它并不知道，自己正在梦游

多么熟悉的情景，是模仿
又是重现。眼见那树向我走来
无边的月夜和空旷
已经无法聚集起我内心的悲悯

第三辑　玫瑰之刺

爱情素描

两个人一起
两块相互叩击的骨头
两粒淌着热泪的水滴

吃苦难的盐巴
喝酸碱不匀的汤汁
玩时远时近、亦表亦里的游戏

在仇恨里掰断指头
在现实与梦境之间游离
在孤寂处交换孤寂

一个人的生，两个人的死
洁白的羽毛，不时长出
将一些潮湿的日子
托举在明净的光线里

越爱越简单（组诗）

我是一棵白杨

我是一棵白杨树
在你小屋的窗前矗立
以红嘴鸟不绝的歌声
站在窗外的空旷处
静静守望

我不祈求闯入你的禁地
只愿你能听到
我在微风中爱的絮语
我只祈求，站成一棵白杨
每一个晨昏，每一阵风雨

在我银光闪烁的叶片上
生长你的欢乐和幸福
在我紧闭的树干里
收存你的忧伤
并死死地扼住苦难的咽喉

不说尽头

不说尽头，不说天涯
就说惊鸿落羽
就说风中花影
是昨日的薰衣草
还是今天的夜来香
我不要多少
我不分白昼与黑夜
我只要那轻柔的呼吸和叹息

不说相见和分离
不论梦幻还是清醒
你的潮汐是我的桃花汛
我不要扶摇九霄
我无意瞬息万变
我只需在蓦然的刹那间停留
并悄悄融化在你的糖分里

越　过

越过天空的丛林向前走
穿过自己曾经泥泞的脚步

越过海洋的栅栏向前走
把你我的双手放在波浪背后

越过一场没有降临的暴风雨向前走
我们 两粒长途奔跑的尘土

越过那条被荒芜的道路向前走
远处有泓只有你我倒影的湖泊

越过暗淡的星星和河流向前走
直到成为拥抱在一起的石头

越爱越简单

曾经在人群里找寻
多少的回眸，一闪而过
曾经在桥栏上守望
多少的风景，物是人非

爱，或者不爱
不是这儿说出口
那儿就可以水落石出
我们的手从来没停止过
在灵魂枕边的摸索
痛了，哭了，地老天荒了
剩下的爱
就越爱越简单

只需你我
将手搭于风的肩上
坐于深秋背后的石头上

或者我们站在低矮的屋檐下
任凭远处闷雷杳无音信
任凭空中雨点将落未落

这时我们相对，或者相拥
长时间的静默
或抬眼相望，或扭头转身
以及无名的表情
这些瞬间，正是我们需要的
内部的闪电

如果不是你挥动衣袖

如果不是你贸然挥动了衣袖

我不知道你衣袖里尚存的风沙

如果不是你眼睛的无意凝神

我不知道你那些决绝的凄美和单纯

你的蓦然回首

露出了你身后春天的锦绣

当你俯身低语

定有风月的玄机和花朵的秘密

岁月从来都是素颜相见

而荼蘼总是开到奢华和伤感

这就是爱情吧

那些没有哭出来的痛和伤

在转身时却全是细柔断肠

半透明的夜

在江面上
在江面的长桥上
在月亮下面
在月亮的路灯下面
在半透明的夜晚正中间

隔着薄薄往事，我们
说七月流火，说秋水长天
鱼吐气泡，山村闪电
这时，音乐从天而降
一个梦境
朦胧地套印了另一个梦境

长桥和我们弯曲的长影子
穿过了星星的小路
仿佛神秘地招引
径直前行，因为你和我
一盏孤灯将夜晚制成明亮的爱情

寄　寓 (组诗)

沉默的爱

一枝花朵静立不动
它去靠近另一枝花朵
靠近又分离　剩下沉默

从一个黎明
走进另一个黎明
寻找你的眼睛
红色风衣使你成为幻影
却把中午的窗户遮蔽
除了黑夜　就是黄昏

不该让沉默
掩埋我们彼此的语言
退潮后沙岸的礁石
阳光下晒干的泡沫
泥泞地上的青树枝
这是你　也是我

沉默的泪流
沉默的热血
终把你和我写在一起

当诗句触着了
你的灵魂
你的手指　是否触着
我干渴的嘴唇

寄　寓

我在她的唇膏里停顿
在她如柳的眉宇间潜行
如在湖心荡着扁舟
在她如兰的口气里迷恋忘返

我在她的手背上匍匐
如蜻蜓，如蝴蝶
敛息双翅，却又战栗不止
在她半握的手心里飞翔

我是草屑，是残雪
是花的碎片，是雨中的泥点
铺在她幽静的小路上
用她的裙摆和木屐，映照时光

湖　泊

躲避树木的眼睛
躲避记忆的惶恐
夜晚的衣袖里

两只手秘密地矜持着
发出摩挲的声响
在星星和月亮的掩护下
两只手的湖泊
渐渐围拢
一尾鱼，一片旷古的梦境
游到你我的掌心

画

就像鱼群描绘了流水
就像葵花描绘了火焰
你的画笔
画了反光的道路
和倒影修长的白杨树林

对面山谷里的风
真切地向我们吹来
一个小孩在秋林里奔跑
红狐时远时近
这幅画，已经无法收回
流萤，寒蝉，坚果
落了一地
在油彩一样的晚霞里
我和你越陷越深

依偎

白昼的树枝散尽光芒
无声无息地躺在夜晚的臂弯
我的双肩搭满树枝
上面是低垂的夜空
下面是昼夜不舍的河流

所有的露珠都悬在我的心头
在那里形成了银河的旋涡
那颗最为冰凉的泪滴
跌倒了又站立起来
躺在你的肩头一场痛哭

流浪

我一路前行
穿过隧道般无星的暗夜
爱情扇动明亮的翅膀
而脚步却无法靠近你隐约的灯火
这一夜　我被什么收藏
但我整夜都在流浪

相见

如我遇见你
一朵野花置身森林

它用我的呼吸
吹动星星

如我遇见你
一颗露珠悬挂草叶
夜晚晶莹的秘密
我不敢吐露

如我遇见你
你也遇见了我
一片蓝色的海洋
漫过一丛芦苇

等　你

我依着黄昏的断墙
在下落的尘土里等你

等得星星都破碎了
等得树根都枯朽了
等得牙齿都长到别人身上了

但这些　你并不知道
你只在你那里
欲飞的鸟群等待着你
你在暮色打开的草原深处
在一座影子叠成的房间里

尽管如此　这也没什么
我依旧在那里　依旧等你

直到苔藓爬上我的舌头
直到尘土全部落定
直到闪光的河水
抱着它坚贞的水藻
涌上岸来　将我接走

你总是在一束火苗里（组诗）

同一颗星星

你是我伤口里的冰凉雨点
我是你模糊记忆的直立花冠
那里有同一颗星星在闪着光

你是我膝盖骨上滚落的露水
我是你从肩头上拍下的尘土
那是一条从前世通往今生的小径

你是我影子里的影子
我是你梦境中的梦境
我和你坐在一块走动的石头上

你是地丁香　是蜜蜂
我是芦苇丛　是水波
一个在花里燃烧　一个在火苗中歌唱

无望的邂逅

我要用尽一生的记忆
用它的火焰，用它的寒冰

来读你那一刻的眼神
今天和来世会晤
它们窃窃私语
这美丽的无望的邂逅

我要取出自己的一段肋骨
去除水分和风霜
去除世俗和纷扰
用它完全的纯粹的质感
在我生命的扉页上
一遍又一遍
写满你无法触及的缥缈

你总是在一束火苗里

你总是在一束火苗里
蜷缩在一角
静静地看，扇动翅膀

这火苗舔着我的脸庞
将黑夜涂上油膏
远处的树丛，凝固的飞鸟

你闭着嘴，双手合掌
火苗的衣袖摇曳
你的呼吸在宽阔的叶面上泛起

这是一个风雨交加的时刻

你和我在雨水中奔跑
一束火苗擎着另一束火苗

在冬天想念一个人

在冬天想念一个人
就要面向北方
裹紧四面的冷风，在冬天最深处不回头

用远处的雪粒，近处的夜
用落在林中的坚果，想念
摊开手掌，要能看见她沉静的面容

想念一个人时，要在冬天的山坡
向上时盘旋，向下时滑行
或者坐在漂着冰凌和桃花的河流上

用冬天大地清晨的霜花想念
想念一个人，就是透过她苍茫的眼睛
分担孤独，制造温度

两棵孤独的树

两棵树
从两个不同的方向
在长河的两岸相遇
它们在各自的枝头

以叶的繁茂

交换着花的绚丽

又以红嘴鸟不绝的金曲

交换着枝叶的沉静

可一棵孤独的树

无法靠近

另一棵树的孤独

一棵树的美丽

与另一棵树的忧伤

正如，一棵树的幸福

与另一棵树的绝望

留下来的情人

我用逝去的青春换回钱币
向凋敝的岁月赎回花束
我用破碎的人生
烧制一只青瓷花瓶
再将我曾经的全部生活
制成朝露　散布于花叶

我要将我的诗句
掷向天空　唤醒星星的爱情
绕过城市和乡村
在不被人看见的世界之外
找到你的路径
在那里　全世界只有你一个人

我要轻轻地来到你的面前
就像再次将你置于世界之中
我要把这束花献给你
你是我用血液　想象和世俗
留下来的情人

我在你的睡梦里写诗

我披一身月光
在你的湖泊边踱步
我迎着无边的萧萧落木
独行在你鸟鸣深幽的山谷
当你呼吸着星星的呼吸
我的影子
用轻风拨弄着你的琴弦
我双手捧着雨水
淋着你的睡眠
当你梦境硕果盈枝
我也制造了一个新的现实

就这样，颤抖着
我握住午夜的冰霜
在你头顶的夜空
写下了一行行模糊的字迹
就像冰刀划过冰面
疼痛的
就是那些深深浅浅的印痕
这好比是我在诗句里
将要写出的爱情

天　河

你看，那些土木的星星
金属的星星，以及
散发着阵阵温热的肉体的星星
它们安静而热烈地
缀满天河

它们在湖边跳舞
在露珠的吊床上摇晃
在大理石上蠕动着
留下未来的象形文字
它们交融、分离
发光的手指
在黑暗的大地上摸索

广阔无边的天河
缀满了通体透亮的星星
那些静止的，过着恬淡的生活
幸福的影子布满眼睛
那些奔跑的，逝去和新生的
它们正在重叠的
火苗中　谈论爱情

秘　密

在那黑色的塔楼顶端
在那白色大理石立柱的背面
你醒目的旗帜
我不可捉摸的灯盏
慢慢靠近　你和我在树的两旁
我们的手在树叶中相触
鸟儿蓬松的羽毛
沉默的血液喷涌

这个夜晚只长失眠的水草
这个夜晚充满了闪亮的道路
你在我的梦里静静地开花
我与蜂鸟交换着舌头

一些星星在沉落　一些词语在飞翔
窗外的梧桐树猛烈地摇着我的臂膀
我要说什么呢　这个秘密
嘴里的石头已经说出……

我说的是一只橙子

如果你要剥开一只橙子
不用锋利的刀刃
和闪亮的牙齿
你只需静静地看着它
一声轻唤，或者
一个突然的转身
它就露出迷人的灵魂

如果你要爱一只橙子
就要把它握在手心
让它奔向渴望的舌尖之吻
这还不够，你要闭着眼
忘我于尘世，静静地听她
喃喃地说出自己的甜
拂拭它所蒙蔽的灰尘

血液的门口

你的裙裾旋转
星星一样的锯齿形草叶
是我整个春天的背景

你的跫音敲着我的寂寥星辰
与我自己所看不见的生活
构成了另一个黎明

你的眼睛里是我的眼睛
我所看见的花朵
绽开在你的花朵之中

你的歌声围绕着殿堂回旋
那么多的石头
在我的心里顷刻安宁

你不会走得太远吧
多少个夜晚梦醒之时
我都看见你站在我的血液的门口

写你的时候

我写你的时候是在黄昏
我在黄昏夕阳的背面
一写就写到了午夜
我坐在微澜的水上写你
直到黎明
我写道：透明的露珠
沾湿了你的裙裾
这一写，就写到了五月
你摇着手镯从山坡上下来
你身上布满了虫鸣
发髻上环绕着遥远的星辰
我写你的时候
你总是从这里消失
又在那里出现
我就写着你的无处不在
以及我的无中生有
我不用笔，只用指尖
不在纸上，而在大地
用我的身体建造你居住的词语

你是我的呼吸（组诗）

说你的时候

手握大把冰雪，迎着北风
说你时
嘴里呵出的白色雾气
面对旷世的风景
和孤单的相思
我前世的掌纹里
仿佛露出了你的端倪
曾为说出亲密
在锋利的牙齿上流殷红的血
这冤家的情仇
不止于迟疑和吞吐
说你时
舌头和牙齿，郑重其事
那两个字
是我们今生的全部底细

尽头是你

血液的钟表
彻夜失眠

时针、分针和秒针
像街巷里的醉汉
踉跄的脚步乱了灯影
记忆还在记忆中
一路沉溺

露珠的小径
反复折叠
门窗、屋顶和天空
如回旋的走廊
时光向午夜缓步走来
影子，坠入影子
门口尽头是你

你是我的呼吸

你是我的呼吸
让一地鸡毛飞升天空
气息是一条河流
让夜晚的石头在我的胸膛
成为琥珀

我慢慢支起柔软的身体
牵动黎明和黄昏
并在那光亮处遇见你
在绿草地上
在我的手掌之下
阳光浇灌闪电

形而上的你

你是一块长了腿的石头
在深黑色的潭底缓慢地走动

你是一大片空白和虚无
默默地独自聚成了沉闷的塔形

你在我的呼叫中消失
然后在暮色的石柱上睁开眼睛

你把我关闭在一滴水里
说，这有多么明亮

你带着水汽喊我的名字
又像风一样缠住我的脚跟

你的眼睛

透过你的眼睛
再往深处，是我的眼睛
是一场正在降临的
暴风雪，它的中心
是一支哭泣的蜡烛
从一支蜡烛里
向外看，我看见了你的背影
无数张模糊的面孔

亮着姓名之灯
在黑夜里扇动斑斓的翅膀

这时，我也看见了我自己
我在一条无人的路上朝圣
在更深更远的地方
是我的眼睛，与它在一起的
是你做着梦的灵魂

月球上所见

在月球上
也许还能看见两个人
一前一后
在公路上追逐

也许还能看见他们
两手相扣
走向漆黑的树林

他们的屋宇
遍布窗户和门扉
灵魂抱紧骨头

在高耸的岩穴下面
邈远的星星
排列在他们身旁

远远地，依然看见
蔚蓝的海洋
慢慢地靠近两个发光体

背　影

日渐蓬勃的春日
身着宽大的衣袍，优雅地
摇摆在霏霏的细雨里
红尘落尽，晓风再起
你在桃花丛中伫立
在庭院，在旧时光里
花瓣殷红，咬紧嘴唇
问询你的话语

眼见春光消逝，幸有
残花一朵，带我突出重围
深一脚，浅一脚
原来是迷魂，是相思
是渺渺春水
一亩池塘，半亩芳草
仿佛千里之外，又看见你
背影绰约，怀抱雏菊

第四辑　我思我在

窗台上的灰尘

转过头来，窗台一层厚厚的灰尘
出乎意料地，蒙住了面孔
似乎我与自己相遇，颗粒间
牢牢地胶着，我再也无法逃脱

有些是风从星星上面吹来的
宇宙史的细小颗粒，落在了时间上
有些是来自群山之外的秘境
在黑夜里的睡眠中，陌生的侵入
也有些是从我皮肤上脱落的
就像怨恨的，或者无悔的残骸
并排停放整齐，得意的样子
还有些来自我努力向上的心灵之物
均匀地，自然而然，一层一层
或润泽微光，或灰暗粗糙

我蓦地迷恋上了这窗台上的灰尘
很真切，如同多年来终于平静的呼吸
鸟的爪印，是我一直未触摸到
也无法写出的诗句，这神性的符号
不言不语，但充满深意
直到那新的灰尘落在旧的灰尘上面

小小的星星 (组诗)

表 达

我们用落在地上的针的声音
说静　寂静就在针眼里
慢慢移到了针尖

我们用路上卷起的　滚滚尘土
说一个老人　等尘土散尽
老人早不见了踪影

我们还用冰天雪地和寒风呼号
说一只鸟儿的哆嗦　那鸟儿
耗尽了身上的火焰

有时　我们又是很直接地
说出那片漆黑，那场命运
那张无法隐藏的留有沟壑的脸庞

沉 寂

原野　蒙上夕阳单薄的余晖
星星关闭窗棂　逐渐模糊的道路

河流高过树冠　四处溢漫
从上面荡涤骨骼的静默

两个影子　在黑夜那边
搬运着无用的石头

小小的星星

星星很小，发光，摇曳
灵魂中央多么细小的植物
从地上，长到了天上
坚韧的叶子，永不凋敝

一位不老的姑娘
在星星的河流里濯足
用滚滚东逝的浩渺河水
在午夜，撩起崭新的水波

星星细小，遥不可及
没有人能够触摸到
但在宇宙安息的树冠上
传来汲水的声音

梦　境

一辆白色的汽车
从远远的另一端
像鸟的俯冲

倏忽之间，遮蔽我的双眼

我从轮子后面站起来
大脑里深深的一道伤口
我摆摆手
敲响广场的时钟

这是一个夏季的中午
我死里逃生

飞　鸟

松树枝头还在剧烈地晃动
搅动的空气形成了风
鸣叫声在空气的簧片上
余音袅袅
翅膀下的天空变得眩晕
它的影子掠过群山

一只鸟
在空中飞翔、飞翔
再没有停下

它在我的叫喊声里鸣叫
在我发呆的眼睛里
不停地扇动翅膀
我已躺在路边的石头上
疲惫地沉睡，而鸟的翅膀
还在我紧闭的眼睛里扑打

黄昏时分

驶向天边的傍晚的马车
你走在我那无边无涯的古道上
你带上我吧，带上我疲惫的脚步
那滚动的车轮，火一样的金轮
你是我手上祖传下来的玉镯
你就烈焰腾腾地燃烧吧
我把痛苦和忧郁全交给你
请不要把它们带到下一个黎明
喧嚣隐匿了，泥尘散尽了
傍晚最后的马蹄声
也消失在我空寂的长街上
我关上门窗，星光亮起
从那遥远的黑夜森林里
轻轻地，传来大地入梦的鼾声……

打开的书页

没有风　没有手指
书自己打开
没有风　没有手指
书又自己合上
那些明亮的光线
战栗的语言
就像扇子或窗户
打开　合上
树上的浆果落地
光影爬上脸庞

深山古寺 (外一首)

相传有一座大青山
青山后面是青山
再后面还是青山
连绵不绝的青山

传说青山深处是一座古寺
有和尚到河里打水
在石头上捣衣
丛林里偶有袅袅炊烟

后来真有人去了
翻过青山大小十八座
见到了打水的和尚
水桶里有几尾小鱼
成了他饥肠辘辘的午餐

但他下山时
怎么也觉得是大梦初醒
那鱼儿还在檀香里摆尾
青山依然云遮雾罩
只是世界都在鱼儿的腹腔里

静　默

如同凝固的暮色
立在河边　沉默着
一株朦胧的小树
散不开　水底的夕阳
河水渐渐浸进黑夜
当我弯下腰
让手指抚弄阳光
我整个的自己
也随同沉下去　沉下去
就像收拢鳍的鱼
就像茫茫深水中
走动的石头

山冈上的冷杉树

山冈上一棵冷杉树，孤独着
在一束明亮的阳光中暗自摆动

墙壁上那幅油画渐渐蒙尘
灯光，逼近在冷杉树的树梢上

想起老家大门对面的山冈
我曾呆望，那个雷电交加的中午

我在树下避雨，看天，长大
冷杉树在我背后长成一根脊梁

离开老家二十年，树还在原地
但与我，保持了反方向

终于醒悟，无论我走到哪儿
都在梦中被一根枝条拉了回来

一棵树的守望，与我的奔走
只是不断撕裂一个老旧的伤口

活 下 去

灯泡在黑夜的挤压下破碎
花朵在忘我的陶醉中骤然凋零
苦难的蚯蚓趴在手背告诉我
活下去

海洋闪着高速公路的白光
骨骼里的蠕虫长着黑色的牙齿
啄木鸟在山谷里敲着枯空的树干告诉我
活下去

模糊的童年越来越远
血液的光线在体内逐渐陷入阴暗
大口大口地咀嚼着阳光的临终老人
掐着我细细的喉管说
活下去

漏风的墙

二十岁出现的人生漏洞
到四十岁也没能补上

经常梦里都在忙碌
搬石头，运泥土，用稻草和棉絮
拆东墙补西墙
一场场的徒劳，无功而返
不得不对镜面壁
逆光的玻璃映出忏悔的倒影

昨夜一场大雪堆满窗台
因背心发冷而冻醒
我起床查看，发现窗户破裂
想起多年前乡村房屋的那堵土墙
每到寒风来临，都会呜呜地叫
就像大地的呼噜

这是一个有风的世界
真不知道这单薄的身体
能否抵挡住那一堵堵漏风的墙

追 问

在一朵花面前
慢慢逼近，凝视它，目不转睛
我要看清它的紫红、金黄和浅蓝
以及它们绽开的死亡和相思

我用力地摇晃它，摇落它的花粉
和那些灰尘，以及一切花朵之外的
可有可无的叶子

我将花朵拽进怀抱
握在手里，我要握出我想要的温度
和我想要听到的私语

摘下花瓣，咬在牙齿上
我要嚼出花朵的味道，破裂的声音
让花朵完全融于我的舌头

我鲁莽地闯进了花朵之中
用我发红的眼睛，追问它的枯萎
追问那些有形无形的路径
那些明，那些暗，那些致命的露水
无端的芬芳，和不期的黯淡
以及我与花朵之间仅有的隐喻

花 之 影 (组诗)

叠 影

碳素铅笔
描画了我的面孔
又描画了你的背影
于是　我的嘴唇
触着了你的灵魂

冬夜老人

老人在暮色的火苗里
孤独地抚摸往事
冬天的夜里
无数的记忆流浪街头

认识方式

剥开一棵树吧
这样你就可以走进去
走向你的背后

深
蓝

比　喻

黎明穿过漫漫黑夜
黑夜在天空留住了星星
——我们看它时的眼睛

河水浸透坚硬的石头
石头里长出了草根
——我们扎进去的灵魂

画　框

我们的天空
是一棵古槐
在那共同的绿荫里
在树与树之间的画框中
阳光用花朵涂抹
鸟儿用我的名字唱歌

时间的暗礁

露珠里，我的目光
在昨天的叶尖上滑落
溅进暮色
脸庞上阴暗的涟漪
在记忆里扩散、扩散
露出时间的暗礁

在风中分散孤立

山崖迅猛地奔突
向一棵松树靠近
松树一动不动，坚持自己
松树的叶子，在雷电中纷纷溃败
发出喑哑的呼唤
山崖，缄默不语

当松树绕到山崖背后
山崖转身与松树并肩相拥
可又在风中分散孤立

河对面的山

站在窗前，伫立着
直到逾越窗户和江水
到了河对岸的山上
他们说，看到我在林间走动

我是喜欢山的人
走进山中，坐在山坡
让一棵古松的树枝深入内心

山色变化时，暗示一江两岸
想着来路，灯火更通透
世界的影子，即是我的背景

相望无言。在葱郁的寂寥中
我摇晃了挡风的门窗
引得星星的闪烁和错动

短 歌 行（组诗）

拍　打

拍打原野
拍打低垂的枝头
拍打疏朗的村庄
拍打清洗了的洁白的莲藕
拍打我的胸膛

啄木鸟在山谷
秋水涨满池塘
秋天在高处
拍打我的路途……

秋　天

秋天来了
公园裹挟其中
对镜卸妆的花朵
打量着行人的脚步

阳光也来了
明亮的影子倒伏在一起

轻曼的落叶
落在蓬松的草叶上

塔　楼

一只起飞的鸟儿
毅然离开那摇晃的枝头
它在空中　把新的枝头歌唱
一只鸟儿　一旦起飞
它就永远不能停留
直到那歌唱找到自己的塔楼

省　悟

总以为尽头是根须
是白色的水滴
是一座四面开窗的城堡
其实，只有静止不动的风
只有沉默的岩石
只有一面极为模糊的镜子

呆呆地站在那里
想一阵镜子背面的事情
倒出鞋里的沙子
狠狠地踢一脚石头
在继续起身时
在心里猛地喊一声自己

跳 下 去

看见了吗，白昼的梯子
已经抽走
黑夜的崖壁高仞万丈
越来越多、越来越大的声音
在叫喊你：跳下去
跳下去吧
大海和星空会接住你
它们抱着你滑翔

消 逝

能够被我们说出的名字
大多转瞬即逝
当你再一次说起
它已经消逝得更邈远
沉陷得更深
就像在黑夜里说另一个黑夜
在傍晚说另一个傍晚
我只能将清瘦的诗碾成粉
撒在草灰上面

影 子

我从夕阳那里过来
我充满光辉的

越来越高大的身体
慢慢地低矮、倒下时
我苍郁的阴影
密布大地

静静地坐着

我静静地坐在那里
在秋天破败的花园里
在一棵光秃的树下，在一张
冰凉的石桌上
与一群落叶在一起

我与它们一样，躺在那里
听秋天深处的私语
背后的河水哗哗流淌
那些陈年旧日，在秋天的角落
发出隐秘之光

我静静地坐在那里
大街上人群行色匆匆
我清晰地看到他们的脚步
从我的稿纸上踩踏而过
他们并不打搅我，我把寂静打磨

两棵橘树

两棵橘树
是父母亲手种植
我们在它的根须里居住
又从它的花朵里出走

两棵橘树
就好比两股清冽的喷泉
倾情地浇灌我们
带着故乡清凉的雨点

两棵橘树
跟着我们一起成长
曾经因分离变得陌生
但最后又在风雨中哭泣相拥

两棵橘树
长长的树影在山坡走动
相互交错，彼此叠印
有时阴沉沉
有时亮闪闪

我亲眼看见（组诗）

内 与 外

石头的里面是空的
星星拉上了黑色的幕帘

风的里面是满的
山峰、道路和人群在拥挤

风和石头，并排着走
在世界的外头

说 到 底

你说得够多
用尽了所有比喻和寓言
我也说得够多
词语的花瓣落了一地
但我们还是没说明白

我们说到紫罗兰
玫瑰花却开在我们手上
我们说到无垠的沙滩

海水就在那一刻霎时暗淡
还能说什么
还需要说什么
反复诉说和被诉说的
正是沉默

深　夜

这时的深夜
其实已是凌晨三点

许多歇斯底里的声音
我们都没有听见

两头狮子血淋淋地搏斗
一棵树和一块石头
死死地抱在一起
拼命地燃烧

整个大海都在原野上叫喊……

我亲眼看见

我亲眼看见
一个将死的老人
与一个太阳初升的早晨
走在同一条布满露水的小路
我亲眼看见

两个青年额头向前地奔走
在风中遭遇风的抵抗
脊背呈命运状

同样，这是我的亲眼所见
一块多年不动的巨石
在一个密不透风的中午
猛地跃起，呐喊着冲向山谷

最　终

——写在相册上的序言

我终没能手握刀子
将时光雕刻镂空
我也没能厮守晨钟暮鼓
读懂一江秋水微澜
倒是岁月挥舞着铁鞭
在我面前击落一地的落红泥尘
倒是时光魔鬼步伐
不舍地追击生命的冷暖明暗

谁都无法抗拒这次匆忙的旅程
肤浅是错过，深刻是罪责
现在，你又得赶紧走开
根本没有间歇回眸和顾盼
好吧，星光正在替我们追忆
对于亘古大地，草木必须荣枯
对于一棵树和树下的那个人
正好是生命的悲喜和结局

是你的提问，还是你的回答（组诗）

故乡空旷

春天随着冰块漂流而下
乡亲们沿河岸
捧着冰块，搭乘顺风车
高铁，和长途班车
从大西北，涌向东南浪潮

中秋之夜来临
大海之潮汐溯流而上
氤氲人间。留守的亲人们
在大西北群山眺望
明月，从海上
升起故乡的空旷

夜 行 人

他们穿过近郊
灌木、荒草和暮色
一步步，走进了夜的深底
在一片墓地那儿
在最暗的夜里
人影憧憧，但却静默

仿佛他们在与一些人
交换未知的生活

是你的提问，还是你的回答

你是我无休止的提问吗
晶莹的水珠从大理石中喷出
在那宁静的水波中抻出弯曲的颈脖
你是我期待已久的回答吗
一块星星的碎片从眼睛里坠落
窗外的一排小树，整齐地
走来，向着我
你是我失眠时无依无着的深渊吗
纹丝不动的烛光及气喘吁吁的呼喊声
应着夜空远处隐约的脚步
你是我那只苍鹰
在我手上的飞翔吗
那匹白马驶过故乡和村庄
蹄声把我带到一个缥缈的古镇
灵魂行走在泥泞里，手上的旗帜
举着淋湿的太阳

你用白日梦茎上摇曳的火焰
用歌声中的三角钻石
用血液的镜片
日日夜夜提问着
正如日日夜夜做出的回答
用诗里最炽烈的音节
用骨骼的呼吸
用蜂鸟在空气中振动的舌头……

我所能见到的世界

我所能见到的世界
是一片柔软的芦苇
那里有不能言说的湖泊
一个小小的，无人知道的
隐秘角落
还有宽阔明亮的出口

有人直起腰来
站在摇曳的芦苇身旁
有人俯下身去
倾听瞬息而过的风声
一明一暗　重叠起伏
好像在我们自己的胸腔
星空之上不能看见的宇宙

我在那不远处
在无法遮挡身体的
岩石背后……

说及命运（组诗）

体内的骨头

我不能再这样对它们闭锁
我从我的体内
取出那两块硬骨
一块是浸透了水的草根
一块是闪烁光线的石头
我把它们放在一起
它们在空中用火焰歌唱
命令我保持沉默

它们紧紧地依偎在一起
如同两个流浪汉
悲悯背靠着悲悯
把我多余的身体放逐

回　忆

此刻，黑的夜
站在走廊的阶梯里
螺旋形的回忆，萦绕
先是沉淀在灯芯里

然后又在白色的咖啡杯中
泛起褐色的泡沫

它们，逝去的往事
与夜的暧昧，水乳交融
看不见的隐秘
在暗中充满了阻力
它既要飞翔，又要停顿
在身后深冬的树林里
刮起阵阵大风

夜 色 美

把白昼
放进墨汁和煤炭里浸泡
就是黑夜的底片
如果需要显影
那就滴一滴生活的烟火
你看，荒野里
只有我们的骨头
在草丛里发出了亮光

说及命运

弯腰迎风，一路向前
就像蚂蚁
埋头搬运和挖掘

没有抬头望天
当被风吹乱的头发
盖住了眼睛
不禁要发出感叹
但又突然哑然失声
在"啊"这个叹词的后面

当别人问及
我也是一脸的惶惑
正当我欲说出什么
命运，这两个字
已经缠住了我的舌头

我手指上炽热的血滴

我的手指沾着夏天的雨水
手指所触——
花蕾开始燃烧
石头开始说话

（蚂蚁的肩头
依偎着
滴水的肚腹）

燃烧着植物夜里的火焰
说着我尘封已久的姓名
手指所触——
皆是我手指上炽烈的血滴

（沉默的树根
把无形的风
塑成塔形旋梯）

来　由

旷野的边界处
一株小树
站在自己沉闷的阴影中

远远地，它企图
向我走来
却只在原地不住地战栗
我们相望，对峙
悄然无声
小树在更加浓重的阴影中
生出一团疑云

此时，我并不能做什么
我顺着低洼处躺卧
那几只鸟儿的起飞
仿佛是我和树的来由

死亡的影子

老人的葬礼结束
死亡，在弯曲的舌头上停留
当我们拍掉尘土
走进闹市，死亡的黑影子
也尾随而至
高速路上呼啸的车祸
发出沉闷的声响
我的朋友魂归西天
而血流还在继续
我们在立柱走廊里
入席就餐，那些黑影子
也悄然莅临，张着垂涎的大嘴
就与我们坐在一起
吃饱喝足后，拍拍我们的肩膀
瞬间转过墙角

宿　命

我一直不知道
我会到达哪个冥冥之地
但我必须选定一个方向
经受我所不知的指引
我必须选择一条路
与自己和一些事物诀别

不管经过什么样的交叉小径
和通道，什么样的绝壁和泥泞
那些青春必定销蚀
爱情只剩残骸
即使是无声无息的沼泽地
无边的荒芜大海……

我必定会到达死亡
我必须这样
不管多么遥远、多少苦难
我都必须把受伤的肉体交出来
交到我灵魂的手上……

时光素描（组诗）

梦 与 醒

我数了一下
整整一百只羊
都在自己的梦里
睡着了

一只蜜蜂的闯入
将它们惊醒
在更加广阔的原野上

蜗 牛

走在蜗牛走过的路上
我，不敢奔跑
始终慢慢地走
慢慢地，想着蜗牛的样子
我就这样走着
不经意间
露出了自己的头角

迎着风向前

迎着风向前走
让额头挡着沙子
闯开一条路

手向后摆
脚往前迈
在原地摩挲　制造声响

没人跟你说话
你与你的手、脚和影子
围成寂静的竹筐

一件一件，一层一层
越来越少，也越来越轻
跋涉在路上的只剩下空瘪的衣裳

夏日即景

夏天的傍晚　临窗而立
一只苍蝇的翅膀
拍打透明的窗纸

暮色渐浓　萤火闪亮
一只乌鸦的翅膀
拍打无声的夕阳

一种火焰

冷清的、锋利的火焰
穿过灰烬、石头和树皮
穿过水滴和花蕊
如雷电，如飓风
它从万物的体内
通过火焰本身
返回到我诗句的词语里

黄昏即景

当夕阳被树梢划伤
当最后一片黄叶随北风上路
行人在风中张望着散去
庞大的火车桥也霎时空旷
光线在肩头滑落
乌鸦看到了栏杆的战栗

眼见世界迅速矮下去
冷清从袍子里出来
石头和石头挨得更近
树，热切地看着我
我要举手致意
黑夜已经将我和树团团抱紧

易碎的词语

它是一个词语
就在句子和篇章之中
不要披风和丝巾
赤裸裸地
袒露自己的脖颈

它很轻，像是棉花
包裹着知冷知暖的肉体
它的薄，不如一张纸
笔尖之下——
尽显青筋和骨头

一个孤单的词语
一副抬着眼
从下面向上看我的样子
就在今天
它的脊椎已被折断
它的眼泪被世界挤干

存在时刻 （组诗）

泉水溅落在我身上

一口幽深的石井
把清亮的泉水蓄满
水面渐高　渐高
超过了地面
高高的石头井台上
泉水四处溢流
这来自地底的泉水
在天堂的阳光下
滴滴地溅落在我的身上

呼　喊

诞生和死亡，构成
广阔的平地
白昼和黑夜合成了
一棵树
树把大地擎向天空
我对着树叫喊：
向我显示你的力量吧
——我的生活

时间的无言

时间，你一路前行
用火焰燃烧自己
在你的身后
形成礁石、崖壁和山峦
就像今天的风
把昨天的森林和村庄遗弃
在你密不透风的夜里
看着你的背影，我手握利剑
一剑一剑地
砍着你沉默的树根

一边，另一边

孤独地　　在平地上瞩望
远远地　　周围是一片空旷之地
一棵大树　　向着天穹耸立
它的一边是黄昏　　另一边是黎明
一边是潮汐　　另一边是星空
一边是我们的头上的飞鸟
一边是我们的内心的风暴……

现代展览馆

现代城市的展览馆里
充满了参观的人和流动的光线

人和化石燃烧在一起
——在那静止的时间里

坟茔的光线
原始森林的光线
黑夜里不安的大海的光线
从石头上翻身下来的太阳的光线
在草茎上潜伏的爬虫的光线
水滴的腿脚的光线
沙土中骨骼的光线……
人们在大厅的出口凝神思虑
一分钟的一百天
一天中的一万年
杂乱晃动的脚步最终散尽
中午光洁的地板上
留下了野外的泥土和草屑

想象的独白

当我摇晃着将要倒塌的房屋
当我孤独地站立在烟尘之中
当我搬走废墟全部的石头
当我再次面对空荡荡的广场

我想象着那摇晃的房屋
我想象着那不安的石头
我在遗忘　我又被遗忘
世界是永远的　我在不断消失
世界是瞬间的　我在不断重现

一朵花开在另一朵花里

一朵花，在将开时
停顿下来
停顿在放缓的风速里
凌空的水滴也停顿了
在细小的蛛网上
将落未落

一朵花突然绽开
空气中有清脆的破裂声
云朵也呈花瓣状
满山的花朵竖起耳朵
蠢蠢欲动

一朵花开了
开在另一朵花里
一朵花，又一朵花
层层递进，步步为营
形成玄机和谜团

单薄的月亮

今晚的月亮，看上去很单薄
一缕云彩，就让它面影模糊
一阵风过，就不住地颤抖
苍白的面孔露出饥饿的肤色
就像多少年前的那个小小山村
和在严寒里瑟缩的孩童
我看出了他眼睛里的清冷

我曾经在夏夜，看玉兔
看桂花树，看那隐约的山川河流
这么多年过去了，那些东西没有丰盈
反倒空洞。月亮因此显得更为单薄
更加容易破碎，更加冷
如同冬日稻田里的薄冰，如同
一个人悬在头顶的命运

切开今天的石榴（组诗）

河　流

想到
这条已经有一万年的河流
还这么沉静平和
我都不敢相信

疲惫的波浪偶尔爬上岸边
河底的石头
有时翻个身，在水下走一走
我深知它们的苦闷
想想竹简和史册上的字词
都是纹丝不动

抬头仰望星空时，才发现
整个河谷高举着矗立的桅杆
正在河面上缓慢行进

梦　里

梦，是一把椅子
我独自一人
在黄昏的空地等你

当你缓缓走来
我们紧紧地
相拥而坐，随即
陷入玲珑剔透的花园里

在花园远处的一角
透过树叶的缝隙
我们看见自己
外面是密不透风的现实
在一把更小的椅子中
我们被一根蛛网隔离

向　上

我极力向上
举起一粒尘土
光线举起它的石头

我将空空的双手向上
托起晚祷的钟声
我的胸膛，一座广场

我将自己折叠成一对翅膀
沿着向上的大地飞
噢，那一起上升的井水

词语，火苗，我也将用诗句
高高地向上抛起
我脚踩着那些负重的磐石

黑　夜

最后的时刻，黑夜
把自己交给了一只鸟

这鸟先是没有了羽毛
是晚霞将它们烧光

接着没有了双翅
它的翅膀被岩石捆绑

黑夜的硬，折断了它的喙
也没有了舌头，微妙的颤音在颤抖

连脚爪也没有了
那些树枝和沙土被大地没收

鸟的血液慢慢地聚拢，小声说话
骨头里，紧缩起来的秘密

它的内脏捧出全部的温度
包括最后的肝胆和肺叶

到现在，鸟儿已经消逝
它把整个黑夜，交给了深深的潭水

看不见的

深冬的太阳
从窗外斜射进来
飘浮着破碎的花朵
屋内的火苗蓝幽幽地
一明一暗扑闪在墙壁上
时间四体通透
我顺着音乐慢慢走过去

打开尘封的柜子整理衣物
收拾发黄的照片
在报纸堆里清点书籍
抖落它们身上薄薄的灰尘
并将它们攒在一起
轻轻地盖住记忆

这是多么透明澄亮的一刻
一层火苗，一层灰尘
一层音乐，一层阳光
看到的是斑驳陆离的绰约倒影
看不到的是现实
那现实
又映射到了邈远的来世

如果我不说，你不知道

如果我不说，你不知道
这只乌鸦的眼里有多少泪水
它是怎样在漏风的巢里
将孤独孵化，然后在众兄弟的挤压下
抻长最短的脖子，接住掉下来的
食物残渣。是怎样从巢里跌下来
落入水塘和荒郊，慢慢地爬起来
扑打身上的泥水，逃离家乡

如果我不说，你不知道
这只乌鸦身上有多深的黑。它身上
泼了多少脏水，沾了多少唾沫
有多少燃尽的星星在它身上陨落
它飞越坟地，家乡越来越远
它心灵里的尖刺没人给它拔出

如果我不说，你不知道
这只乌鸦有多少的苦痛和失落
此刻，它虽在我的面前
但它已无法赶上最后一道晚霞

上山，下山（组诗）

人　间

当我将自己的头
深埋进自己的手掌里
对面的那栋高楼
就晃了晃腰肢
我能感觉到，天空
也略微向下一颤
世界，在我打盹的时候
不经意地走神

沿着自己的呼吸
我一路向下滑行
掩门关灯，关掉
头脑中央轰鸣的小马达
我在一团自由的风中
向左，向右，都是向前

我用绝对的寂静和黑暗
把白天逼进了黄昏
我不问自己身在何地
森林在暗处，缓缓地站起来
在我抬头的刹那

星星，顷刻稠密而饱满

尘土降落，夜露弥漫
一个朦胧的黑影
从我面前一闪而过
它叫声我的名字
将一根繁茂的泛青的树枝
拖离人间

上山，下山

上山的时候
太阳正在西沉
就像一桶水提着我
我的双脚
拖着长长的阴影

下山的时候
满天的星星浸在江水里
我从原路返回
一切都已经肃穆陌生
百叫不应

坐在雨水里

我坐在雨水里，任凭
雨点的伤口痛在我身上

地上温热，小手冰凉
我和你正襟危坐，我相信
气泡和石子是一种天意

蜜蜂来了，小鸟来了
花丛和树林，将你和我
挤得更紧，在这之外
密不透风的天空，四周低垂
将我们团团围住

四月的山河，绿光
在沉寂的雨水里扩散
我们躺在草地，在坐卧的云里
看天空，天空正下着石头
看大地，大地有肉体在飞

我这样写——

我要在桐油灯下
低低地弯下腰
用挑拣大豆的样子
在发亮的陈旧漆木桌上
写我的母亲

我要潜伏在自己的血液里
握着灵魂的战栗和闪电
在车站的人海里
在午夜树叶一样的呼吸中

写我的爱人

我要骑在鱼的背上
深到海底，在黑暗的四壁
用我白骨的火苗
用坚硬而弯曲的线条
写我的命运

我要用我温热的指头
蘸着冬天的冰雪和夏天的雷雨
和我整个的一双眼睛
在路口的树干上
写我的兄弟和朋友

我要用锋利的石头
在石墙上写下我的这些所写
我用单音节的语素
和双音节甚至多音节的词组
有时，我干脆一个接着一个
拧下词语的头颅

用诗句接住降落的灰尘

我是这样想的：
空中的飞翔
恰是枝头的静立
而那些隐匿和沉默
都是瞬间的
也是暂时的

这时，我分明看到
灰尘收起翅膀
落在灰尘上面
就像很小的空间
陷入更大的空间

面对世界
我将它们逐一揽入怀里
用笔墨叫出它们的姓名
我相信，我的诗句
能够接住那些
正在降落的灰尘

总在路上（三首）

转　换

花蕊，用花蕊的名字
雾，用雾的名字
它们说它自己
把指头指向别处

它们说泥鳅的眼睛
它们说蚯蚓的蠕动
它们抽干名字里的血
在桥栏上写我

总在路上

总是一片叶子　总是在雷电中
总是狼藉的花瓣
和泥泞的脚印

总是一条斜径　总在黄昏
总是浑然地站立
直到满身的露水和虫鸣

总是一扇窗户　总是凭栏临风
总是你黑夜的头发
一衣带水　散落星光

总是不停地远走　总是穿过坟茔
总是在路上
如灰尘的旅行

天色暗下来

天色从太阳底下暗下来
先是从杨树叶的背面
再是从石头的缝隙
在一株油菜花的阴影里徘徊

一种暗淡的光被溪流泛起
在林梢沉寂
大海与夕阳一个下午都在纠缠
万物在一个洞穴里
越陷越深

长长的火车拖着整个原野
驶进深深的黑夜
一堵石墙在迟疑
它孤单地望着我
大地也无可奈何

美在情真
——胡坪诗歌赏读

叶松铖

　　胡坪是个诗人，胡坪也是我的兄弟。

　　在红尘俗世中，诗人很廉价，但兄弟却弥足珍贵。与胡坪相知相识二十余载，读他的诗，欣赏他的才华，但更多的是感动于他的情真。胡坪的诗是性情之作，是生活蕴藉中绽放的朴素之花，是没有丝毫做作而随风舞动的飘逸。诗人胡坪与兄弟胡坪是一个整体，这个整体如果具象化，那一定是有骨肉、有气血、有灵性的。胡坪站在那里，好多年都是那样一个姿态：一副谦谦君子的表情，他永远是那种欣慰的笑，永远把别人推在前面，他把发乎于心的赞赏送给别人，那是春风一样的暖意。因此，胡坪的情盖过了他的诗，然而，一读到他的诗，自然就想到了胡坪，想到一位兄弟的絮叨……

　　好多年前，胡坪就编撰好了自己的集子。在风起云涌的出书时代，胡坪也免不了眼热心跳，但他又十分纠结，总觉得还没写出过得去的作品，于是，反复打磨，久久摩挲，时间一晃又是几年过去，那些优美的句子，在时光的磨砺中，愈加温润明亮了……读胡坪的诗，不是读技巧、读营构与布局，这些语言之外的东西，完全依附在灵魂之上，它是承载灵魂跃动的翅膀。读胡坪的诗，是读他的"情"，这些黏性的语言，都是被情所浸泡、润泽、涂抹的鲜活蠕动，它具有原始的粗朴，也有田园的细柔与烂漫。胡坪的诗是畅达的，这些生活中自然酝酿的甜美，常常是在情感的催动中，伸枝展叶，籽实壮硕。胡坪不是刻意要做一个诗人，自然内心就少了一份浮躁、少了一份虚幻的渲染，他笔下的情与人性中所张扬的情，实现了很好的统一。因此，他的诗是性情之诗，是静谧深潭中缓缓涌动的潜流。我们说，生活的痛苦与欢乐、坎坷与磨难，是诗的给养，同时也是培育和升华诗人情感的有效途径。胡坪生于乡村，一路走来，他沐浴着山风和花雨，头顶着的是故乡的明月和晨辉，他骨子里始终不变的是素朴的秉性，是一个本分的读书人的厚道。一位学者说："情感逻辑总是在现实生活中生成与展开的，形象运动的动力是情感，情感的根源是社会生活，这个逻辑关系必须理顺，才能正确地展开形象思维。"胡坪有着丰富的生活基础，有着苦难的体验和经历，情感的火苗在他身上总能随时蹿动，这一簇焰火，虽不炽烈，但却跳跃着暖心暖肺的温度。"母亲用手掌揉搓爆裂的豆角/几粒黑仁聚首，紧紧簇拥/圆润而闪耀着太阳的光泽/母亲出神地默读/这尘世和自然的杰作/她用能握住整个乡村的双手/抚着我的眼睛和额头/那浓烈的泥土和青草气息/仿佛是我永世的归途。"（《乡村的母亲》）这是写自己母亲的，情感无须解读的，或者说任何解读都是多余的。这个乡村母亲其实已经从诗中走出，她站在我们的面前，伟大而又慈祥。"汽笛尖厉地呼啸/陌生的人们用方言温暖着远方/隧道壁灯，宛如老家的窗纸//直达我的乡村小站吧/我是一株萝卜/我要回到我湿润的低洼处……"（《在回来的火车上》）诗人写回乡的心情，语言直观而又很有意味。"一株萝卜"与"湿润的低洼处"，构成了一种血肉联结，让人瞬间产生一种莫名的牵挂……"诗的根本语言是意象语言。意象是具象化的感觉与情思。"（段建军、李伟著：《新编写作思维学教程》）我想意象的生动与否，与情感的真实有极大的关系。情感的自然喷发，往往是在不经意中，带来了意象的美，而这种美比起那些生造的意象不知要高明多少倍。

有人说，好的语言决定诗歌的成败。这话过于笼统，事实上好的语言，或者说具有创造性的诗歌语言，首先是建立在情感的基础上的，而情感的归宿地在丰富多彩的生活中。胡坪的诗歌语言，是从归宿地起程，它散发着情感的馥郁和生活的芳香。"树里藏着一群星宿/在天空洒下虫鸣和朝露/枝头上的月亮/在窗口成为梦境/成为一片伞状的清凉。"（《古井边的那棵柳树》）这些语言很美、很熨帖，也很自然，它符合诗人的主观感觉活动与情感活动规律，它所展开的想象，通过形象化的语言，表达了一种对乡村难以割舍的眷恋的情怀。胡坪的诗多是性情之作，这就少了时尚和华丽的因子，他不追风、不跟攉，情到则意到，他用心用情呵护语言，绝不扭曲语言，更不施以语言暴力来获取别人的青睐。"想念一个人时，要在冬天的山坡/向上时盘旋，向下时滑行/或者坐在漂着冰凌和桃花的河流上//用冬天大地清晨的霜花想念/想念一个人，就是透过她苍茫的眼睛/分担孤独，制造体温。"（《在冬天想念一个人》）在苦寒的冬天想念一个人，这一份情必须承载两个人的重量，他不但要吞咽自己的孤独，还要分担对方的孤独，于是，想念在飞雪中燃烧，它融化了寒冬，渐渐温润了内心。"诗人用想象去捕捉和创造新想象，目的还是为了表现主体人的生命情感，诗中的想象始终是人的生命情感的象征。"（段建军、李伟著：《新编写作思维学教程》）"这个夜晚过于漫长/一个意念雏形被悬空/一滴水珠被无限地拉长/好久都不能落下//这个夜晚/木鱼自己不紧不慢地敲打。"（《长与短》）一丝空明的禅意，像水墨一样铺开，这是看不见的，它在生命的意识里淡淡着色，也许你明白过来，天其实已经亮了……

　　读胡坪的诗，就是听他诉说，一种惠风和畅般的诉说，也许，听着听着，你就会侧耳，继而入迷。我前面说过，胡坪的诗多是性情之作，而恰恰就是这种性情的自然凸显，让我们走近了诗人的胡坪，在心与心的交流与碰撞中，我们看到了一种生发于烟火的清纯，这是胡坪的底色，同时，也是胡坪诗歌中最可贵的元素。

　　（叶松铖，真名叶松成，陕西省作家协会、陕西省文艺评论家协会会员，安康市文艺评论家协会副主席。曾荣获陕西省第三届文艺评论奖二等奖，安康市第二届、第五届文艺精品奖（文学类）三等奖。）

相遇世界

——写在诗集后面的话

人的一生只是一次与世界的相遇。尽管世界它能看清看透我们短暂的一生，而我们无法掌控它的亘古和地老天荒，但这种相遇却总是美妙的。无论是成长的烦恼，还是青春的激情；无论是不期的痛楚，还是蓦然的欣悦；无论是热切的追寻，还是深沉的凝思，都是人与世界相遇所赐，如同我们必须慢慢咀嚼和消化的食物一样成为生活日常。诗歌和诗意，就是这相遇瞬间的水滴和星光。

特殊的年代背景和偏僻的乡村环境，给我留下了太深的苦难印象和纯朴的田园记忆，所以我对家乡及乡村既充满了无限怀念，又有着无法消解的排斥。我在两种情感中间摇摆着、矛盾着，也思考着，自然就有了情感和意绪要表达诉说。

十岁左右的时候，我和小伙伴经常在放羊时遭遇暴雨雷电。每当这时，我们就吆喝着，将暴雨中惊慌四散的羊群赶到一起，躲在岩壁下或大树下避雨，羊群就在我们身边，在恐惧和孤单中成为最亲密的伙伴。十二三岁时，我就和父母一起在庄稼地里干着繁重的体力活，老是盼着太阳早点落山好收工回家。但当太阳真正快速西落，山山峁峁和沟谷河流全在暮色中变得暗淡时，我却感觉到一丝丝伤心。老家的院坝外就是一排稻田，夏天的傍晚青蛙叫成一片，与山林中传来的鸟雀的鸣叫混杂，我经常细细地听着这寂静中的热闹，以至沉醉。在繁重的体力劳动间隙，乡村的父辈们拖着很长的调子唱山歌，除了带着浓烈泥腥味的欢悦外，还深深地感觉到那歌声更像沉重的叹息和释怀。在远离家乡的区级中学上初二时，因为连续多天大雪无法回家，学生在教室里又饿又冷，音乐老师给我们教唱《在希望的田野上》。不知道为什么，那欢欣而快乐的曲调唱着唱着我竟哭了，眼泪哗哗地流。我不知自己为什么哭，也不知道班上还有没有其他同学像我一样。这些断断续续的、支离破碎的童年和少年的生活片段，虽然无法完整连贯起来，但它们已经是无法磨灭的永恒，无法剥蚀的生命勒痕和成长印记，我不知道这是不是诗意在心灵中的扎根和萌动。

也许就是这朦胧的记忆和意象，我特别容易被一些情感的东西所吸引和触动。读初二和初三时，我的语文并不怎么好，但课文中的一些好词语和句子，隐隐约约恰当地表达出了我的一种心境，着实让我心动。在懵懂中我将那些词语和句子抄录在笔记本上，这是不是文学的共鸣呢，或者说是文学的启蒙呢？我努力回忆着，那时的自觉抄录应该是轻松愉悦的，是憧憬着无限美好的。有一点我能够记得，即我就是在这些情感的支配下开始了对大山和大山之外的想象，进而生出一股子力量，在初中后两年里特别努力地学习，用洪荒之力考上了安康师范学校。

进入中等师范学校后，我一下子被校园里的琴声和歌声迷住了。我拼命地抄录歌曲，学风琴、学笛子、学吉他，样样都不放过，总感觉自己的灵魂处于饥饿状态，一时吃不饱。在一段时间里，音乐成了我最喜欢的第一课余爱好。但我的同桌洪继革向我推荐了路遥的小说《人生》之后，这一切都变了。《人生》是我睡在上铺就着窗外的路灯看完的，我不记得在看的过程中哭过多少次。这是我第一次看小说，才知道小说能把生活和人物写得这般形象和逼真，感觉高加林就是活脱脱的自己啊！那雨中带着泪的奔跑和玉米地里的艰辛劳作，那心中的凄苦和额前的阳光，分明就是自己的昨天和自己的明天！

这一看就被文学的魔力所迷，感觉文学比音乐更能让我的心灵滋润和熨帖。在真正接触文学后，就有了想写点文字的冲动，我就学着同桌的样子，在衣袋里揣个小本子，随身带着笔，随时记录自己的片言只语。这样练着就有了稿子第一次上校园广播、第一次上校园文学报《沃土》、第一次上《安康日报》的机会。那种想象、思考、抒写及发表所带来的欣喜和愉悦，几乎是无法形容的，于是文学成了我青春的标记，成了我灵魂进出社会和生活的通道。

从此，我在安康师范学校课余以爱好文学为主，沉浸在阅览室里看书读报，在哲学和文学大师的文字之间穿梭，虽然无法真正深入他们的世界，但爱好文学和尝试写作已经开始了。无论是参加工作第一站在深阳小学教书，还是后来在红椿中学任教，工作之余写作并向报刊投稿和等待邮递员递送报刊，自然成为生活中最期盼、最美好的事。

因为自己对文学的狂热和不满足中等师范生现状的追求，我的心里还有着一个强烈的"大学梦"和"作家梦"。为了梦想，我从初中文化课开始恶补，参加了成人高考，有幸被陕西教育学院中文系录取，带着工资和行囊进入了大学校园。更有幸的是，在教育学院遇到了讲授当代文学兼任辅导员的周燕芬和讲授文学理论的李建军等很多好的老师，他们除了将我引入课堂及课本深处，还将视野扩大到校园外的社会生活及文艺前沿，课堂老师旁征博引，课外讲座培训、观看名著影片，让我一顿顿地饱餐了文学的盛宴。

进修毕业回到原单位，以及后来改行到县政府办和自然资源部门工作，钢铁般的现实一次又一次告诉我，岗位的工作职责必须完成好，日常生活必须顾全，这才是生活的重中之重。即使如此，我依然将几乎全部业余时间留给了文学爱好，阅读、写作和投稿依然是生活的一部分。无论酸甜苦辣的生活滋味，还是悲欢离合的生命本相，都潜移默化地进入了自己的诗句，无论沉郁与灵动、厚重与轻盈、形而上与形而下，我都带着现实生活，与诗歌写作保持着紧张的摩擦力和紧密的亲和力。我就在这中间穿行，情感和思想就在那些词语中扎根。相遇世界中，相遇了文学，也要感恩文学。因为它打开了自己的心扉，深入了生活，认识了朋友，释放了情感，消除了块垒，安放了灵魂，于是痛着、苦着，并愉悦着。

也许因为生活和工作等强大的现实无法抗拒，也许自己的天赋和努力都不够，我离最初那个专业作家梦越来越远。但在繁重而劳碌的工作生活中我始终未放弃，先后共写有一千余首诗歌，近十万字的散文和文学评论，有发表，也有获奖。在整理这些作品的过程中，我深感时间在倒流，再读那些文字分明是对青春岁月和曼妙时光的咀嚼和反刍，是对

226

过往和梦境的抚摸和清点。但我更希望是一个原点，在一条布满朝圣和礼拜的道路上，我将又一次地迎风前行，因为生活总在或明或暗地继续，生命也还将在皱纹里成长，如果说存在是存在的证词，我愿意一生皈依于那些字词，文学为我铺开了金色的草地，文学也终将成为收容我身体和宽恕我灵魂的教堂！

生命存在和生长的过程总会留下印痕，我将这些用长短分行的文字记录了下来，没想到它们竟然成了我的头发、角膜、牙齿、踝骨和脚趾，在逼仄和受限的身体内撑起一小片空间，让风吹了进来，让阳光照了进来。这是不是海德格尔所说的诗意栖居呢？如果这些或许温热或许冰凉的句子，能让读到它的人，有些许共鸣或者会意，那就是我的奢望了。

2016年在整理作品时，有了编辑一本诗集出版的想法，当时请已是西北大学教授、著名评论家的周燕芬老师为我拟出版的诗集作序，请安康市文艺评论家协会副主席、我多年的文友和知己叶松铖先生写了评论，但因种种原因，诗集终未能按计划出版。这一放竟然放了六年。这次因了县文化和旅游局的支持和帮助，才使我梦想成真，诗集《深蓝》终于将正式出版。我又请县美术家协会副主席、曾经同事王义萍设计了封面，还请紫阳县书法家协会主席、同班同学及好友毛文凯为我题写书名。这不由得使我想起在爱好文学和追随文学的过程中，给予我关心、支持及鼓励的很多的师长、文友、同学、亲朋、同事和家人，是他们让我与文学相遇，并感受到文学的美好，是他们让我与文学相伴，并感觉到文学的温暖。在此，我要深深地说声感谢，谢谢你们，谢谢一切的相遇！

胡　坪
2022年6月12日于紫阳